诗酒趁年华

季羡林 汪曾祺 等 著

长江出版社

图书在版编目（CIP）数据

诗酒趁年华 / 季羡林等著 . -- 武汉：长江出版社，2025. 1. -- ISBN 978-7-5492-9846-4

Ⅰ. I266

中国国家版本馆 CIP 数据核字第 2024N7U388 号

诗酒趁年华 / 季羡林等 著
SHIJIU CHEN NIANHUA

出　　版	长江出版社
	（武汉市解放大道 1863 号　邮政编码：430010）
选题策划	薛天舒
市场发行	长江出版社发行部
网　　址	http://www.cjpress.cn
责任编辑	李剑月
特约编辑	关　耳
印　　刷	三河市九洲财鑫印刷有限公司
版　　次	2025 年 1 月第 1 版
印　　次	2025 年 1 月第 1 次印刷
开　　本	880mm×1230mm　1/32
印　　张	7.5
字　　数	166 千字
书　　号	ISBN 978-7-5492-9846-4
定　　价	49.80 元

版权所有　盗版必究，如有质量问题，请联系本社退换
电话：027-82926557（总编室）　027-82926806（市场营销部）

目 录
CONTENTS

第一章 我该去向何方

冯骥才　我最初的人生思索 // 003

朱光潜　谈人生与我 // 009

李叔同　我的人生兴趣 // 014

梁实秋　窗外 // 016

徐志摩　泰山日出 // 020

郁达夫　海上通信 // 023

李叔同　改习惯 // 030

徐志摩　"迎上前去" // 033

萧　红　同命运的小鱼 // 039

朱自清　论自己 // 044

老　舍　何容何许人也 // 048

萧　红　夏夜 // 053

第二章　亲眼看看世界

巴　金　桂林的微雨 // 059

汪曾祺　夏天 // 065

朱自清　春 // 068

朱自清　荷塘月色 // 070

许地山　春的林野 // 073

郁达夫　故都的秋 // 075

郁达夫　江南的冬景 // 079

李叔同　忆儿时 // 083

郁达夫　一个人在途上 // 085

李叔同　辛丑北征泪墨 // 092

萧　红　又是冬天 // 097

徐志摩　秋 // 100

第三章　正视我的有限

梁实秋　时间即生命 // 115

徐志摩　想飞 // 117

徐志摩　自剖 // 122

胡　适　差不多先生传 // 129

胡　适　一个问题 // 131

萧　红　孤独的生活 // 139

李叔同　行己有耻使于四方不辱君命论 // 143

徐志摩　雨后虹 // 146

郁达夫　给一位文学青年的公开状 // 154

季羡林　生活的现实 // 160

老　舍　写字 // 162

老　舍　读书 // 165

第四章　追向生活的光

冯骥才　书桌 // 171

冯骥才　时光 // 179

沈从文　我所生长的地方 // 182

季羡林　人间自有真情在 // 186

季羡林　梦萦水木清华 // 189

丰子恺　学画回忆 // 193

林徽因　蛛丝和梅花 // 200

林徽因　一片阳光 // 204

老　舍　宗月大师 // 209

李叔同　我在西湖出家的经过 // 213

萧　红　朦胧的期待 // 219

杨　朔　京城漫记 // 228

第一章　我该去向何方

不辜负世界的恢弘和人生的丰富，
不勉强所有人都走一条路。

我最初的人生思索

冯骥才

大概是我九岁那年的晚秋，因为穿着很薄的衣服在院里跑着玩，跑得一身汗，又站在胡同口去看一个疯子，拍了风，病倒了。病得还不轻呢！面颊烧得火辣辣的，脑袋晃晃悠悠，不想吃东西，怕光，尤其受不住别人嗡嗡出声地说话……

妈妈就在外屋给我架一张床，床前的茶几上摆了几瓶味苦难吃的药，还有与其恰恰相反，挺好吃的甜点心和一些很大的梨。妈妈用手绢遮在灯罩上，嗯，真好！灯光细密的针芒再不来逼刺我的眼睛了，同时把一些奇形怪状的影子映在四壁上。为什么精神颓萎的人竟贪享一般地感到昏暗才舒服呢？

我和妈妈住的那间房有扇门通着。该入睡时，妈妈披一条薄毯来问我还难受不，想吃什么。然后，她低下身来，用她很凉的前额抵一抵我的头，那垂下来的毯边的丝穗弄得我的肩膀怪痒的。"还有点烧，谢天谢地，好多了……"她说。在半明半暗的灯光里，妈妈朦胧而温柔的脸上现出爱抚和舒心的微笑。

最后，她扶我吃了药，给我盖了被子，就回屋去睡了。只剩下我自己了。

我一时睡不着，便胡思乱想起来。总想编个故事解解闷，但脑子里乱得很，好像一团乱线，抽不出一个可以清晰地思索下去的线头。白天留下的印象搅成一团：那个疯子可笑和可怕的样子总缠着我，不想不行；还有追猫呀，大笑呀，死蜻蜓呀，然后是哥哥打我，挨骂了，呕吐了，又是挨骂；鸡蛋汤冒着热气儿……穿白大褂的那个老头，拿着一个连在耳朵上的冰凉的小铁疙瘩，一个劲儿地在我胸脯上乱摁；后来我觉得脑子完全混乱，不听使唤，便什么也不去想，渐渐感到眼皮很重，昏沉沉中，觉得茶几上几只黄色的梨特别刺眼，灯光也讨厌得很，昏暗、无聊、没用，呆呆地照着。睡觉吧，我伸手把灯闭了。

黑了！霎时间好像一切都看不见了。怎么这么安静、这么舒服呀……

跟着，月光好像刚才一直在窗外窥探，此刻从没拉严的窗帘的缝隙里钻了进来，碰到药瓶上、瓷盘上、铜门把手上，散发出淡淡发蓝的幽光。远处一家作坊的机器有节奏地响着，不一会儿也停下来了。偶尔，从很远很远的地方传来货轮的鸣笛声，声音沉闷而悠长……

灯光怎么使生活显得这么狭小，它只照亮身边；而夜，黑黑的，却顿时把天地变得如此广阔、无限深长呢？

我那个年龄并不懂得这些。思索只是简单、即时和短距离的；忧愁和烦恼还从未有乘着夜静和孤独悄悄爬进我的心里。我只觉得这黑夜中的天地神秘极了，浑然一气，深不可测，浩无际涯；我呢，这么小，无依无靠，孤孤单单；这黑洞洞的世界仿佛要吞掉我似的。这时，我感到身下的床没了，屋子没了，地面也没了，四处皆空，一切都无影无踪；自己恍惚悬在天上了，躺在软绵绵的云彩上……周围那样旷阔，一片无穷无尽的透明的乌蓝色，这云也是乌蓝乌蓝的；远远近近还忽隐忽现地闪烁着星星般五光十色的亮点儿……

这天究竟有多大，它总得有个尽头呀！哪里是边？那个边的外面是什么？又有多大？再外边……难道它竟无边无际吗？相比之下，我们多么小。我们又是谁？这么活着，喘气，眨眼，我到底是谁呀！

我伸手摸摸自己的脸、鼻子、嘴唇，觉得陌生又离奇，挺怪似的……这究竟是怎么回事？

我是从哪儿来的？从前我在哪里？什么样子？我怎么成为现在这个我的？将来又怎么样？长大，像爸爸那么高，做事……再大，最后呢？老了，老了以后呢？这时我想起妈妈说过的一句话："谁都得老，都得死的。"

死？这是个多么熟悉的字眼呀！怎么以前我就从来没想过它意味着什么呢？死究竟意味着什么？像爷爷，像从前门口卖糖葫芦那个老婆婆，闭上眼，不能说话，一动不动，好似睡着了一样。可是大家哭得那么伤心。到底还是把他们埋在地下了。为什么要把他们埋起来？他们不就永远也不能说话，也不能动，永远躺在厚厚的土地下了？难道就因为他们死了吗？忽然，我感到一阵死的神秘、阴冷和可怕，觉得周身就仿佛散出凉气来。

于是，哥哥那本没皮儿的画报里脸上长毛的那个怪物出现了，跟着是白天那只死蜻蜓,随时想起来都吓人的鬼故事;跟着,胡同口的那个疯子朝我走来了……黑暗中,出现许多爷爷那样的眼睛,大大小小,紧闭着,眼皮还在鬼鬼祟祟地颤动着,好像要突然睁开,瞪起怕人的眼珠儿来……

我害怕了,已从将要入睡的懵懂中完全清醒过来了。我想——将来,我也要死的,也会被人埋在地下,这世界就不再有我了。我也就再不能像现在这样踢球呀,做游戏呀,捉蟋蟀呀,看马戏时吃那种特别酸的红果片呀……还有时去舅舅家看那个总关得严严实实的迷人的大黑柜,逗那条瘸腿狗,到那乱七八糟、杂物堆积的后院去翻找"宝贝"……而且再也不能"过年"了,那样地熬夜、拜年、放烟火、攒压岁钱;表哥把点着的鞭炮扔进鸡窝去,吓得鸡像鸟儿一样飞到半空中,乐得我喘不过气来;我们还瞒着妈妈去野坑边钓鱼,钓来一条又黄又丑的大鱼,给馋嘴的猫咪咪饱餐了一顿;下雨的晚上,和表哥躺在被窝里,看窗外打着亮闪,响着大雷……活着有多少快活的事,死了就完了。那时,表哥呢?妹妹呢?爸爸妈妈呢?他们都会死吗?他们知道吗?怎么也不害怕呀!我们能够不死吗?活着有多好!大家都好好活着,谁也不死。可是,可是不行啊……"谁都得老,都得死的。"死,这时就像拥有无限威力似的,而且严酷无情。在它面前,我那么无力,哀求也没用,大家都一样,只有顺从,听摆布,等着它最终的来临……想到这里,尤其是想到妈妈,我的心简直冷得发抖。

妈妈将来也会死吗?她比我大,会先老,先死的。她就再不能爱我了,不能像现在这样,脸挨着脸,搂我,亲我……她的笑,她的声音,她柔软而暖和的手,她整个人,在将来某一天就会一下子永远消失了吗？她会有多少话想说，却不能说，我也就永远无法听到了；她再看不见我，我的一切她也不再会知道。如果那时我有话要告诉她呢？到哪儿去找她？她也得被埋在地下吗？土地，坚硬、潮湿、冷冰冰的……我真怕极了。先是伤心、难过、流泪，而后愈想愈加心虚害怕，急得蹬起被子来。趁妈妈活着的时光，我要赶紧爱她，听她的话，不惹她生气，只做让大家和妈妈高兴的事。哪怕她还骂我，我也要爱她，快爱，多爱；我就要起来跑到她房里，紧紧搂住她……

四周黑极了，这一切太怕人了。我要拉开灯，但抓不着灯线，慌乱的手碰到茶几上的药瓶。我便失声哭叫起来："妈妈，妈妈……"

灯忽然亮了。妈妈就站在床前。她莫名其妙地看着我："怎么，做噩梦了？别怕……孩子，别怕。"

她俯身又用前额抵一抵我的头。这回她的前额不凉，反而挺热的了。"好了，烧退了。"她宽心而温柔地笑着。

刚才的恐怖感还没离开我。这是怎么回事？我茫然地望着她，有种异样的感觉。一时，我很冲动，要去拥抱她，但只微微挺起胸脯，脑袋却像灌了铅似的沉重，刚刚离开枕头，又坠倒在床上。

"做什么？你刚好，当心再着凉。"她说着便坐在我床边，紧挨着我，安静地望我，一直在微笑，并用她暖和的手抚弄我的脸颊和头发。"你刚才是不是做噩梦了？听你喊的声音好大哪！"

"不是，……我想了……将来，不，我……"我想把刚才所想的事情告诉给妈妈，但不知为什么，竟然无法说出来。是不是担心说出来，她知道后也要害怕的。那是件多么可怕的事啊！

"得了，别说了，疯了一天了，快睡吧！明天病就全好了……"

昏暗的灯光静静地照着床前的药瓶、点心和黄色的梨，照着妈妈无言而含笑的脸。她拉着我的手，我便不由得把她的手握得紧紧的……

我再不敢想那些可怕又莫解的事了。但愿世界上根本没有那种事。

栖息在邻院大树上的乌鸦不知为何缘故，含糊不清地咕囔一阵子，又静下去了。被月光照得微明的窗帘上走过一只猫的影子。渐渐地，一切都静止了，模糊了，淡远了，融化了，变成一团无形的、流动的、软软而弥漫的烟。我不知不觉便睡着了。

一个深奥而难解的谜，从那个夜晚便悄悄留存在我的心里。后来我才知道，这是我最初在思索人生。

谈人生与我

朱光潜

> 把自己摆在前台,
> 和世界一切人和物在一块玩把戏;
> 或者摆在后台,
> 袖手看旁人在那儿装腔作势。

朋友：

我写了许多信，还没有郑重其事地谈到人生问题，这是一则因为这个问题实在谈滥了，一则也因为我看这个问题并不如一般人看得那样重要。在这最后一封信里我之所以提出这个滥题来讨论者，并不是要说出什么一番大道理，不过把我自己平时几种对于人生的态度随便拿来做一次谈料。

我有两种看待人生的方法。在第一种方法里，我把我自己摆在前台，和世界一切人和物在一块玩把戏；在第二种方法里，我把我自己摆在后台，袖手看旁人在那儿装腔作势。

站在前台时,我把我自己看得和旁人一样,不但和旁人一样,并且和鸟兽虫鱼诸物也都一样。人类比其他物类痛苦,就因为人类把自己看得比其他物类重要。人类中有一部分人比其余的人苦痛,就因为这一部分人把自己比其余的人看得重要。比方穿衣吃饭是多么简单的事,然而在这个世界里居然成为一个极重要的问题,就因为有一部分人要亏人自肥。再比方生死,这又是多么简单的事,无量数人和无量数物都已生过来死过去了。一个小虫让车轮压死了,或者一朵鲜花让狂风吹落了,在虫和花自己都决不值得计较或留恋,而在人类则生老病死以后偏要加上一个苦字。这无非是因为人们希望造物主宰待他们自己应该比草木虫鱼特别优厚。

因为如此着想,我把自己看作草木虫鱼的侪辈,草木虫鱼在和风甘露中是那样活着,在炎暑寒冬中也还是那样活着。像庄子所说,它们"诱然皆生,而不知其所以生;同焉皆得,而不知其所以得"。它们时而戾天跃渊,欣欣向荣,时而含葩敛翅,晏然蛰处,都顺着自然所赋予的那一副本性。它们决不计较生活应该是如何,决不追究生活是为着什么,也决不埋怨上天待它们特薄,把它们供人类宰割凌虐。在它们说,生活自身就是方法,生活自身也就是目的。

从草木虫鱼的生活,我觉得一个经验。我不在生活以外别求生活方法,不在生活以外别求生活目的。世间少我一个,多我一个,或者我时而幸运,时而受灾祸侵逼,我以为这都无伤天地之和。你如果问我,人们应该如何生活才好呢?我说,就顺着自然所给的本性生活着,像草木虫鱼一样。你如果问我,人们生活在这变幻无常的世相中究竟为着什么?我说,生活就是为着生活,别无其他目的。你如果向我埋怨天公说，人生是多么苦恼呵！我说，人们并非生在这个世界来享幸福的，所以那并不算奇怪。

这并不是一种颓废的人生观。你如果说我的话带有颓废的色彩，我请你在春天到百花齐放的园子里去，看看蝴蝶飞，听听鸟儿鸣，然后再回到十字街头，仔细瞧瞧人们的面孔，你看谁是活泼，谁是颓废？请你在冬天积雪凝寒的时候，看看雪压的松树，看看站在冰上的鸥和游在水中的鱼，然后再回头看看遇苦便叫的那"万物之灵"，你以为谁比较能耐苦持恒呢？

我拿人比禽兽，有人也许目为异端邪说。其实我如果要援引"经典"，称道孔孟以辩护我的见解，也并不是难事。孔子所谓"知命"，孟子所谓"尽性"，庄子所谓"齐物"，宋儒所谓"廓然大公，物来顺应"，和古希腊廊下派哲学，我都可以引申成一篇经义文，做我的护身符。然而我觉得这大可不必。我虽不把自己比旁人看得重要，我也不把自己看得比旁人分外低能，如果我的理由是理由，就不用仗先圣先贤的声威。

以上是我站在前台对于人生的态度。但是我平时很欢喜站在后台看人生。许多人把人生看作只有善恶分别的，所以他们的态度不是留恋，就是厌恶。我站在后台时把人和物也一律看待，我看西施、嫫母、秦桧、岳飞也和我看八哥、鹦鹉、甘草、黄连一样，我看匠人盖屋也和我看鸟鹊营巢、蚂蚁打洞一样，我看战争也和我看斗鸡一样，我看恋爱也和我看雄蜻蜓追雌蜻蜓一样。因此，是非善恶对我都无意义，我只觉得对着这些纷纭扰攘的人和物，好比看图画，好比看小说，件件都很有趣味。

这些有趣味的人和物之中自然也有一个分别。有些有趣味，是因为它们带有很浓厚的喜剧成分；有些有趣味，是因为它们带有很深刻的悲剧成分。

我有时看到人生的喜剧。前天遇见一个小外交官，他的上下巴都光光如也，和人说话时却常常用大拇指和食指在腮旁捻一捻，像有胡须似的。他们说这是官气，我看到这种举动比看谐画还更有趣味。许多年前一位同事常常很气愤地向人说："如果我是一个女子，我至少已接得一尺厚的求婚书了！"偏偏他不是女子，这已经是喜剧；何况他又麻又丑，纵然他幸而为女子，也绝不会有求婚书的麻烦，而他却以此沾沾自喜，这总算得喜剧之喜剧了。这件事和英国文学家哥尔德斯密斯的一段逸事一样有趣。他有一次陪几个女子在荷兰某一个桥上散步，看见桥上行人个个都注意他同行的女子，而没有一个睬他自己，便板起面孔很气愤地说："哼，在别地方也有人这样看我咧！"如此等类的事，我天天都见得着。在闲静寂寞的时候，我把这一类的小小事件从记忆中召回来，寻思玩味，觉得比抽烟饮茶还更有味。老实说，假如这个世界中没有曹雪芹所描写的刘姥姥，没有吴敬梓所描写的严贡生，没有莫里哀所描写的达尔杜弗和阿尔巴贡，生命更不值得留恋了。我感谢刘姥姥、严贡生一流人物，更甚于我感谢钱塘的潮和匡庐的瀑。

其次，人生的悲剧尤其能使我惊心动魄。许多人因为人生多悲剧而悲观厌世，我却以为人生有价值正因其有悲剧。我在几年前做的《无言之美》里曾说明这个道理，现在引一段来：

我们所居的世界是最完美的，就因为它是最不完美的。这话表面看去，不通已极。但是实含有至理。假如世界是完美的，人类所过的生活——比好一点，是神仙的生活；比坏一点，就是猪的生活——便呆板单调已极，因为倘若件件事都尽美尽善了，自然没有希望发生，更没有努力奋斗的必要。人生最可乐的就是活动所生的感觉，就是奋斗成功而得的快慰。世界既完美，我们如何能尝创造成功的快慰？这个世界之所以美满，就在有缺陷，就在有希望的机会，有想象的田地。换句话说，世界有缺陷，可能性才大。

这个道理李石岑先生在《一般》三卷三号所发表的《缺陷论》里也说得很透辟。悲剧也就是人生一种缺陷。它好比洪涛巨浪，令人在平凡中见出庄严，在黑暗中见出光彩。假如荆轲真正刺中秦始皇，林黛玉真正嫁了贾宝玉，也不过闹个平凡收场，哪得叫千载以后的人唏嘘赞叹？以李太白那样天才，偏要和江淹戏弄笔墨，做了一篇《反恨赋》，和《上韩荆州书》一样庸俗无味。毛声山评《琵琶记》，说他有意要做"补天石"传奇十种，把古今几件悲剧都改个快活收场，他没有实行，总算是一件幸事。人生本来要有悲剧才能算人生，你偏想把它一笔勾销，不说你勾销不去，就是勾销去了，人生反更索然寡趣。所以我无论站在前台或站在后台时，对于失败，对于罪孽，对于殃咎，都是一副冷眼看待，都是用一个热心惊赞。

朋友，我感谢你费去宝贵的时光读我的这十二封信，如果你不厌倦，将来我也许常常和你通信闲谈，现在让我暂时告别吧！

你的朋友　孟实

我的人生兴趣

李叔同

有人说我在出家前是书法家、画家、音乐家、诗人、戏剧家等，出家后这些造诣更深。其实不是这样的，所有这一切都是我的人生兴趣而已。我认为一个人在他有生之年应多学一些东西，不见得样样精通，如果能做到博学多闻就很好了，也不枉屈自己这一生一世。而我在出家后，拜印光大师为师，所有的精力都致力于佛法的探究上，全身心地去了解"禅"的含义，在这些兴趣上反倒不如以前痴迷了，也就荒疏了不少。然而，每当回忆起那段艺海生涯，总是有说不尽的乐趣！

记得在我十八岁那年，我与茶商之女俞氏结为夫妻。当时哥哥给了我三十万元作贺礼，于是我就买了一架钢琴，开始学习音乐方面的知识，并尝试着作曲。后来我与母亲和妻子搬到了上海法租界，由于上海有我家的产业，我可以以少东家的身份支取相当高的生活费用，也因此得以与上海的名流们交往。当时，上海城南有一个组织叫"城南文社"，每月都有文学比试，我投了三次稿，有幸的是每次都获得第一名，从而与文社的主事许幻园先生成为朋友。他为我们全家在城南草堂打扫了房屋，并让我们移居了过去，在那里，我和他及另外三位文友结为金兰之好，还号称是"天涯五友"。后来我们共同成立了"上海书画公会"，每个星期都出版书画报纸，与那些志同道合的同仁们一起探讨研究书画及诗词歌赋。但是这个公社成立不久就解散了。

由于公社解散，而我的长子在出生后不久就夭折了，不久后我的母亲又过世了，多重不幸给我带来了不小的打击，于是我将母亲的遗体运回天津安葬，并把妻子和孩子一起带回天津，我独自一人前往日本求学。在日本，我就读于日本当时美术界的最高学府——上野美术学校，而我当时的老师亦是日本最有名的画家之一——黑田清辉。当时我除了学习绘画外，还努力学习音乐和作曲。那时我确实是沉浸在艺术的海洋中，那是一种真正的快乐享受。

我从日本回来后，政府的腐败统治导致国衰民困，金融市场更是惨淡，很多钱庄、票号都相继倒闭，我家的大部分财产也因此化为乌有了。我的生活也就不再像以前那样无忧无虑了，为此我到上海城东女校当老师去了，并且同时任《太平洋报》文艺版的主编。但是没多久报社被查封，我也为此丢掉了工作。大概几个月后我应聘到浙江师范学校担任绘画和音乐教员，那段时间是我在艺术领域里驰骋最潇洒自如的日子，也是我一生最忙碌、最充实的日子。

窗 外

梁实秋

窗子就是一个画框,只是中间加些棂子,从窗子望出去,就可以看见一幅图画。那幅图画是妍是媸,是雅是俗,是闹是静,那就只好随缘。我今寄居海外,栖身于"白屋"楼上一角,临窗设几,作息于是,沉思于是,只有在抬头见窗的时候看到一幅幅的西洋景。现在写出窗外所见,大概是近似北平天桥之大金牙的拉大篇吧?

"白屋"是地地道道的一座刷了白颜色油漆的房屋,既没有白茅覆盖,也没有外露本材,说起来好像是《韩诗外传》里所谓的"穷巷白屋",其实只是一座方方正正的见棱见角的美国初期形式的建筑物。我拉开窗帘,首先看见的是一块好大好大的天。天为盖,地为舆,谁没看见过天?但是,不,以前住在人烟稠密天下第一的都市里,我看见的天仅是小小的一块,像是坐井观天,迎面是楼,左面是楼,右面是楼,后面还是楼,楼上不是水塔,就是天线,再不然就是五色缤纷的晒洗衣裳。井底蛙所见的天只有那么一点点。"白屋"地势荒僻,眼前没有遮拦,尤其是东边隔街是一个小学操场,绿草如茵,偶然有些孩子在那里蹦蹦跳跳;北边是一大块空地,长满了荒草,前些天还绽出一片星星点点的黄花,这些天都枯黄了,枯草里有几株参天的大树,有枞有枫,都直挺挺的稳稳的矗立着;南边隔街有两家邻居;西边也有一家。有一天午后,小雨方住,蓦然看见天空一道彩虹,是一百八十度完完整整清清楚楚的一条彩带。所谓虹饮江皋,大概就是这个样子。虹销雨霁的景致,不知看过多少次,却没看过这样规模壮阔的虹。窗外太空旷了,有时候零雨渍渍,竟不见雨脚,不闻雨声,只见有人撑着伞,坡路上的水流成了渠。

路上的汽车往来如梭,而行人绝少。清晨有两个头发斑白的老者绕着操场跑步,跑得气咻咻的,不跑完几个圈不止,其中有一个还有一条大黑狗作伴。黑狗除了运动健身之外,当然不会轻易放过一根电线杆子而不留下一点记号,更不会不选一块芳草鲜美的地方施上一点肥料。天气晴和的时候常有十八九岁的大姑娘穿着斜纹布蓝工裤,光着脚在路边走,白皙的两只脚光光溜溜的,脚底板踩得脏兮兮。路上万一有个图钉或玻璃碴之类的东西,不知如何是好?日本的武者小路实笃曾经说起:"传有久米仙人者,因逃情,入山苦修成道。一日腾云游经某地,见一浣纱女,足胫甚白,目眩神驰,凡念顿生,飘忽之间已自云头跌下。"(见周梦蝶诗《无题》附记)我不会从窗头跌下,因为我没有目眩神驰。我只是想:裸足走路也算是年轻一代之反传统反文明的表现之一,以后恐怕还许有人要手脚着地爬着走,或索兴倒竖蜻蜓用两只手走路,岂不更为彻底更为前进?至于长发、大胡子的男子现在已经到处皆是,甚至我们中国人也有沾染这种习气的(包括一些学生与餐馆侍者）。习俗移人，一至于此！

星期四早晨清除垃圾，也算是一景。这地方清除垃圾的工作不由官办，而是民营。各家的垃圾贮藏在几个铅铁桶里，上面有盖，到了这一天则自动送到门前待取。垃圾车来，并没有八音琴乐，也没有叱咤吆喝之声，只闻稀里哗啦的铁桶响。车上一共两个人，一律是彪形黑大汉，一个人搬铁桶往车里掼，另一个司机也不闲着，车一停，他也下来帮着搬，而且两个人都用跑步，一点也不从容。垃圾磕进车里，机关开动，立即压绞成为碎碴，要想从垃圾里捡出什么瓶瓶罐罐的分门别类的放在竹篮里挂在车厢上，殆无可能。每家月纳清洁费二元七角钱。包商叫苦，要求各家把铁桶送到路边，节省一些劳力，否则要加价一元。

公共汽车的一个招呼站就在我的窗外。车里没有车掌，当然也就没有晚娘面孔。所有开门、关门、收钱、掣给转站票，全由司机一人兼理。幸亏坐车的人不多，司机还有闲情逸致和乘客说声早安。二十分钟左右过一班车，当然是亏本生意，但是贴本也要维持。每一班车都是疏疏落落的三五个客人，凄凄清清惨惨。许多乘客是老年人，目视昏花，手脚失灵，耳听聋聩，反应迟缓，公共汽车是他们唯一交通工具。也有按时上班的年轻人搭乘，大概是怕城里没处停放汽车。有一位工人模样的候车人，经常准时在我窗下出现，从容打开食盒，取出热水瓶，喝一杯咖啡，然后登车而去。

我没有看见过一只过街鼠，更没看见过老鼠肝脑涂地的陈尸街心。狸猫多得很，几乎个个是肥头胖脑的，毛也泽润。猫有猫食，成瓶成罐的在超级市场的货架上摆着。猫刷子、猫衣服、猫项链、猫清洁剂,百货店里都有。我几乎每天看见黑猫白猫在北边荒草地里时而追逐,时而亲昵,时而打滚。最有趣的是松鼠,弓着身子一窜一窜的到处乱跑,一听到车响,仓卒的爬上枞枝。窗下放着一盘鸟食,黍米之类,麻雀群来果腹,红襟鸟则望望然去之,他茹荤,他要吃死的蛞蝓活的蚯蚓。

窗外所见的约略如是。王粲登楼,一则曰:"虽信美而非吾土兮,曾何足以少留!"再则曰:"昔尼父之在陈兮,有归欤之叹音。钟仪幽而楚奏兮,庄舄显而越吟。人情同于怀土兮,岂穷达而异心?"临楮凄怆,吾怀吾土。

泰山日出

徐志摩

振铎来信要我在《小说月报》的泰戈尔号上说几句话。我也曾答应了,但这一时游济南游泰山游孔陵,太乐了,一时竟拉不拢心思来做整篇的文字,一直挨到现在期限快到,只得勉强坐下来,把我想得到的话不整齐地写出。

我们在泰山顶上看出太阳。在航过海的人,看太阳从地平线下爬上来,本不是奇事;而且我个人是曾饱饫过江海与印度洋无比的日彩的。但在高山顶上看日出,尤其在泰山顶上,我们无餍的好奇心,当然盼望一种特异的境界,与平原或海上不同的。果然,我们初起时,天还暗沉沉的,西方是一片的铁青,东方些微有些白意,宇宙只是——如用旧词形容——一体莽莽苍苍的。但这是我一面感觉劲烈的晓寒,一面睡眼不曾十分醒豁时约略的印象。等到留心回览时,我不由得大声地狂叫——因为眼前只是一个见所未见的境界。原来昨夜整夜暴风的工程,却砌成一座普遍的云海。除了日观峰与我们所在的玉皇顶以外，东西南北只是平铺着弥漫的云气，在朝旭未露前，宛似无量数厚毳长绒的绵羊，交颈接背地眠着，卷耳与弯角都依稀辨认得出。那时候在这茫茫的云海中，我独自站在雾霭溟濛的小岛上，发生了奇异的幻想——

我躯体无限地长大，脚下的山峦比例我的身量，只是一块拳石；这巨人披着散发，长发在风里像一面墨色的大旗，飒飒地在飘荡。这巨人竖立在大地的顶尖上，仰面向着东方，平拓着一双长臂，在盼望，在迎接，在催促，在默默地叫唤；在崇拜，在祈祷，在流泪——在流久慕未见而将见悲喜交互的热泪……

这泪不是空流的，这默祷不是不生显应的。

巨人的手，指向着东方——

东方有的，在展露的，是什么？

东方有的是瑰丽荣华的色彩，东方有的是伟大普照的光明——出现了，到了，在这里了……

玫瑰汁，葡萄浆，紫荆液，玛瑙精，霜枫叶——大量的染工，在层累的云底工作；无数蜿蜒的鱼龙，爬进了苍白色的云堆。

一方的异彩，揭去了满天的睡意，唤醒了四隅的明霞——光明的神驹，在热奋地驰骋……

云海也活了；眠熟了兽形的涛澜，又回复了伟大的呼啸，昂头摇尾地向着我们朝露染青馒形的小岛冲洗，激起了四岸的水沫浪花，震荡着这生命的浮礁，似在报告光明与欢欣之临莅……

再看东方——海句力士已经扫荡了他的阻碍，雀屏似的金霞，从无垠的肩上产生，展开在大地的边沿。起……起……用力，用力。

纯焰的圆颅,一探再探地跃出了地平,翻登了云背,临照在天空……

歌唱呀,赞美呀,这是东方之复活,这是光明的胜利……

散发祷祝的巨人,他的身彩横亘在无边的云海上,已经渐渐地消翳在普遍的欢欣里;现在他雄浑的颂美的歌声,也已在霞彩变幻中,普彻了四方八隅……

听呀,这普彻的欢声;看呀,这普照的光明!

这是我此时回忆泰山日出时的幻想,亦是我想望泰戈尔来华的颂词。

海上通信

郁达夫

晚秋的太阳,只留下一道金光,浮映在烟雾空蒙的西方海角。本来是黄色的海面被这夕照一烘,更加红艳得可怜了。从船尾望去,远远只见一排陆地的平岸,参差隐约的在那里对我点头。这一条陆地岸线之上,排列着许多一二寸长的桅樯细影,绝似画中的远草,依依有惜别的余情。

海上起了微波,一层一层的细浪,受了残阳的返照,一时光辉起来,飒飒的凉意逼入人的心脾。清淡的天空,好像是离人的泪眼,周围边上,只带着一道红圈。是薄寒浅冷的时候,是泣别伤离的日暮。扬子江头,数声风笛,我又上了这天涯漂泊的轮船。

以我的性情而论,在这样的时候,正好陶醉在惜别的悲哀里,满满的享受一场 Sentimental Sweetness。否则也应该自家制造一种可怜的情调,使我自家感得自家的风尘仆仆,一事无成。若上举两事都办不到的时候,至少也应该看看海上的落日,享受享受那伟大的自然的烟景。但是这三种情怀，我一种也酿造不成，呆呆的立在龌龊杂乱的海轮中层的舱口，我的心里，只充满了一种愤恨，觉得坐也不是，立也不是，硬要想拿一把快刀，杀死几个人，才肯甘休。这愤恨的原因是在什么地方呢？一是因为上船的时候，海关上的一个下流的外国人，定要把我的书箱打开来检查，检查之后，并且想把我所崇拜的列宁的一册著作拿去。二是因为新开河口的一家卖票房，收了我头等舱的船钱，骗我入了二等的舱位。

啊啊，掠夺欺骗，原是人的本性，若能达观，也不合有这一番气愤，但是我的度量却狭小得同耶稣教的上帝一样，若受着不平，总不能忍气吞声的过去。我的女人曾对我说过几次，说这是我的致命伤，但是无论如何，我总改不过这个恶习惯来。

轮船愈行愈远了，两岸的风景，一步一步的荒凉起来了，天色也垂暮了，我的怨愤，才渐渐的平了下去。

沫若呀，仿吾成均呀，我老实对你们说，自从你们下船上岸之后，我一直到了现在，方想起你们三人的孤凄的影子来。啊啊，我们本来是反逆时代而生者，吃苦原是前生注定的。我此番北行，你们不要以为我是为寻快乐而去，我的前途风波正多得很呀！

天色暗下来了，我想起了家中在楼头凝望着我的女人，我想起了乳母怀中在那里伊吾学语的孩子，我更想起了几位比我们还更苦的朋友，啊啊，大海的波涛，你若能这样的把我吞咽了下去，倒好省却我的一番苦恼。我愿意化成一堆春雪，躺在五月的阳光里，我愿意代替了落花，陷入污泥深处去，我愿意背负了天下青年男女的肺痨恶疾，就在此处消灭了我的残生。

这些感伤的（Sentimental）咏叹，只能博得恶魔的一脸微笑，几个在资本家跟前俯伏的文人，或者将要拿了我这篇文字，去佐他们的淫乐的金樽，我不说了，我不再写了，我等那一点西方海上的红云消尽的时候，且上舱里去喝一杯白兰地吧，这是日本人所说的 Yakezake！

十月五日七时书

昨天晚上因为多喝了一杯白兰地，并且因为前夜在 F.E. 饭店里的一夜疲劳，还没有回复，所以一到床上就睡着了。我梦见了一个十五六的少女和我同舱，我硬要求她和我亲嘴的时候，她回复我说：

"你若要宝石，我可以给你 Rajah's diamond,

你若要王冠，我可以给你世上最大的国家，

但是这绯红的嘴唇，这未开的蔷薇花瓣，

我要保留着等世上最美的人来！"

我用了武力，捉住了她，结果竟做了一个"风月宝鉴"里的迷梦，所以今天头昏得很，什么也想不出来。但是与海天相对，终觉得无聊，我把佐藤春夫的一篇小说《被剪的花儿》读了。

在日本现代的小说家中，我所最崇拜的是佐藤春夫。他的小说，周作人君也曾译过几篇，但那几篇并不是他的最大的杰作。他的作品中的第一篇，当然要推他的出世作《病了的蔷薇》，即《田园的忧郁》了。其他如《指纹》，《李太白》等，都是优美无比的作品。最近发表的小说集《太孤寂了》我还不曾读过，依我看来，这一篇《被剪的花儿》，也可说是他近来的最大的收获。书中描写主人公失恋的地方真是无微不至，我每想学到他的地步，但是终于画虎不成。他在日本现代的作家中，并不十分流行。但是读者中间的一小部分，却是对他抱着十二分的好意的。有一次何畏对我说：

"达夫！你在中国的地位，同佐藤在日本的地位一样。但是日本人能了解佐藤的清洁高傲，中国人却不能了解你，所以你想以作家立身是办不到的。"

惭愧惭愧！我何敢望佐藤春夫的肩背！但是在目下的中国，想以作家立身，非但干枯的我没有希望，即使 Victo Hugo, Charles Dickens, Gerhart Hauptmann 等来，也是无望的。

沫若！仿吾！我们都是笨人，我们弃去了康庄的大道不走，偏偏要寻到这一条荆棘丛生的死路上来。我们即使在半路上气绝身死，也同野狗的毙于道旁一样，却是我们自家寻得的苦恼，谁也不能来和我们表同情，谁也不能来收拾我们的遗骨。呵呵！又成了牢骚了，"这是中国文人最丑的恶习，非绝灭它不可的地方"，我且收住不说了罢！

单调的海和天，单调的船和我，今日使我的精神萎缩得不堪。十二时中，足破这单调的现象，只有晚来海中的落日之景，我且搁住了笔，去看 The Glorious Sun-setting 吧！

十月六日日暮的时候

这一次的航海，真奇怪得很，一点儿风浪也没有，现在船已到了烟台了。烟台港同长崎门司那些港埠一些儿也没有分别，可惜我没有金钱和时间的余裕，否则上岸去住他一二星期，享受一番异乡的 exotic 情调，倒也很有趣味。烟台的结晶真是东首临海的烟台山。在这座山上，有领事馆，有灯台，有别庄，正同长崎市外的那所检疫所的地点一样。沫若，你不是在去年的夏天有一首在检疫所作的诗么？我现在坐在船上，遥遥的望着这烟台的一带山市，也起了拿破仑在媛来娜岛上之感，啊啊，飘流人所见大抵略同，——我们不是英雄，我们且说飘流人罢！

山东是产苦力的地方，烟台是苦力的出口处。船一停锚，抢上来的凶猛的搭客，和售物的强人，真把我骇死，我足足在舱里躲了三个钟头，不敢出来。

到了日暮，船将起锚的时候，那些售物者方散退回去，我也出了舱，上船舷上来看落日。在海船里，除非有衣摆奈此的小说《默示录的四骑士》中所描写的那种同船者的恋爱事体外，另外实没有一件可以慰寂寥的事情，所以我这一次的通信里所写的也只是落日，Sunsetting，Abend Roethe，etc.，etc. 请你们不要笑我的重复！

我刚才说过，烟台港和门司长崎一样，是一条狭长的港市，环市的三面，都是浅淡的连山。东面是烟台山，一直西去，当太阳落下去的那一支山脉，不知道是什么名字。但是我想这一支山若要命名，要比"夕阳""落照"等更好的名字，怕没有了。

一带连山，本来有近远深浅的痕迹可以看得出来的，现在当这落照的中间，都只成了淡紫。市上的炊烟，也蒙蒙的起了，便使我想起故乡城市的日暮的景色来，因为我的故乡，也是依山带水，与这烟台市不相上下的呀！

日光没了，天上的红云也淡了下去。一阵凉风吹来，忽使人起了一种莫名其妙的哀感。我站在船舷上，看看烟台市中一点两点渐渐增加起来的灯火，看看甲板上几个落了伍急急忙忙赶回家去的卖物的土人，忽而索落索落的滴下了两粒眼泪来。我记得我女人有一次说，小孩子到了日暮，总要哭着寻他的娘抱，因为怕晚上没有睡觉的地方。这时候我的心里，大约也被这一种 Nostalgia 笼罩住了吧，否则何以会这样的落寞！这样的伤感！这样的悲愁无着处呢！

这船今晚上是要离开烟台上天津去的，以后是在渤海里行路了。明天晚上可到天津。我这通信，打算一上天津就去投邮。愿你与婀娜和小孩全好，仿吾也好，成均也好，愿你们的精神能够振刷；啊啊，这样在勉励你们的我自家，精神正颓丧得很呀！我还要说什么？我还有说话的资格么！

十月七日晚八时烟台舱中

不知在什么时候，我记得你曾说过，沫若，你说："我们的拿起笔来要写，大约是已经成了习惯了，无论如何，我此后总不能绝对的废除笔墨的。"这一种冯妇之习，不但是你免不了，怕我也一样的吧。现在精神定了一定，我又想写了。

昨天船离了烟台，即起大风，船中的一班苦力，个个头上都淋成五色。这是什么理由呢？因为他们都是连绵席地而卧，所以你枕我的头，我枕你的脚。一人吐了，二人就吐，三人四人，传染过去。铤而走险，急不能择，他们要吐的时候就不问是人头人足，如长江大河的直泻下来。起初吐的是杂物，后来吐黄水，最后就赤化了。我在这一个大吐场里，心里虽则难受，但却没有效他们的颦，大约是曾经沧海的结果，也许是我已经把心肝呕尽，没有吐的材料了。

今天的落日，是在七十二沽的芦草上看的。几堆泥屋，一滩野草，野草里的鸡犬，泥屋前的穿红布衣服的女孩，便是今日的落照里的风景。

船靠岸的时候，已经是夜半了。二哥哥在埠头等我。半年不见，在青白的瓦斯光里他说我又瘦了许多。非关病酒，不是悲秋，我的瘦，却是杜甫之瘦，儒冠之害呀！

从清冷的长街上，在灰暗凉冷的空气里，把身体搬上这家旅店里之后，哥哥才把新总统明晚晋京的话，告诉我听。好一个魏武之子孙，几年来的大愿总算成就了，但是，但是只可怜了我们小百姓，有苦说不出来。听说上海又将打电报，抬菩萨，祭旗拜斗的大耍猴子戏。我希望那些有主张的大人先生，要干快干，不要虚张声势地说："来来来！干干干！"因为调子唱得高的时候，胡琴有脱板的危险。中国的没有真正革命起来的原因，大约是受的"发明电报者"之害哟！

几天不看报，倒觉得清净得很。明天一到北京，怕又不得不目睹那些中国特有的承平新气象，我生在这样的一个太平时节，心里实在是怕看这些黄帝之子孙的文明制度了。

夜也深了，老车站的火车轮声，也渐渐的听不见了，这一间奇形怪状的旅舍里，也只充满了鼾声。窗外没有月亮，冷空气一阵一阵的来包围我赤裸裸的双脚。我虽则到了天津，心里依然是犹豫不定：

"究竟还是上北京去作流氓去呢？还是到故乡家里去作隐士？"

名义上自然是隐士好听，实际上终究是飘流有趣。等我来问一个诸葛神卦，再决定此后的行止罢！

勒勒勒，弟子郁，……

……

……

改习惯

李叔同

癸酉在泉州承天寺讲

吾人因多生以来之夙习，及以今生自幼所受环境之熏染，而自然现于身口者，名曰习惯。

习惯有善有不善，今且言其不善者。常人对于不善之习惯，而略称之曰习惯。今依俗语而标题也。

在家人之教育，以矫正习惯为主。出家人亦尔。但近世出家人，唯尚谈玄说妙。于自己微细之习惯，固置之不问。即自己一言一动，极粗显易知之习惯，亦罕有加以注意者。可痛叹也。

余于三十岁时，即觉知自己恶习惯太重，颇思尽力对治。出家以来，恒战战兢兢，不敢任情适意。但自愧恶习太重。二十年来，所矫正者百无一二。自今以后，愿努力痛改。更愿有缘诸道侣，亦皆奋袂兴起，同致力于此也。

吾人之习惯甚多。今欲改正，宜依如何之方法耶？若胪列多条，而一时改正，则心劳而效少，以余经验言之，宜先举一条乃至三四条，逐日努力检点，既已改正，后再逐渐增加可耳。

今春以来，有道侣数人，与余同研律学，颇注意于改正习惯。数月以来，稍有成效。今愿述其往事，以告诸公。但诸公欲自改其习惯，不必尽依此数条，尽可随宜酌定。余今所述者，特为诸公做参考耳。学律诸道侣，已改正习惯，有七条。

一、食不言。现时中等以上各寺院，皆有此制，故改正甚易。

二、不非时食。初讲律时，即由大众自己发心，同持此戒。后来学者亦尔。遂成定例。

三、衣服朴素整齐。或有旧制，色质未能合宜者，暂作内衣，外罩如法之服。

四、别修礼诵等课程。每日除听讲、研究、抄写及随寺众课诵外，皆别自立礼诵等课程，尽力行之。或有每晨于佛前跪读《法华经》者，或有读《华严经》者，或有读《金刚经》者，或每日念佛一万以上者。

五、不闲谈。出家人每喜聚众闲谈，虚丧光阴，废弛道业，可悲可痛！今诸道侣，已能渐除此习。每于食后、或傍晚、休息之时，皆于树下檐边，或经行、或端坐、若默诵佛号、若朗读经文、若默然摄念。

六、不阅报。各地日报，社会新闻栏中，关于杀盗淫妄等事，记载最详。而淫欲诸事，尤描摹尽致。虽无淫欲之人，常阅报纸，亦必受其熏染。此为现代世俗教育家所痛慨者。故学律诸道侣，近已自己发心不阅报纸。

七、常劳动。出家人性多懒惰，不喜劳动。今学律诸道侣，皆已发心，每日扫除大殿及僧房檐下，并奋力作其他种种劳动之事。

以上已改正之习惯，共有七条。

尚有近来特实行改正之二条，亦附列于下：

一、食碗所剩饭粒。印光法师最不喜此事。若见剩饭粒者，即当面痛呵斥之。所谓施主一粒米，恩重大如山也。但若烂粥烂面留滞碗上不易除去者，则非此限。

二、坐时注意威仪。垂足坐时，双腿平列。不宜左右互相翘架，更不宜耸立或直伸。余于在家时，已改此习惯。且现代出家人普通之威仪，亦不许如此。想此习惯不难改正也。

总之，学律诸道侣，改正习惯时，皆由自己发心。绝无人出命令而禁止之也。

"迎上前去"

徐志摩

这回我不撒谎，不打隐谜，不唱反调，不来烘托；我要说几句至少我自己信得过的话，我要痛快的招认我自己的虚实，我愿意把我的花押在这张供状的末尾。

我要求你们大量的容许，准我在我第一天接手晨报副刊的时候，介绍我自己，解释我自己，鼓励我自己。

我相信真的理想主义者是受得住眼看他往常保持着的理想煨成灰，碎成断片，烂成泥，在这灰、这断片、这泥的底里，他再来发现他更伟大、更光明的理想。我就是这样的一个。

只有信生病是荣耀的人们才来不知耻的高声嚷痛；这时候他听着有脚步声，他以为有帮助他的人向着他来，谁知是他自己的灵性离了他去！真有志气的病人，在不能自己豁脱苦痛的时候，宁可死休，不来忍受医药与慈善的侮辱。我又是这样的一个。

我们在这生命里到处碰头失望，连续遭逢"幻灭"，头顶只见乌云,地下满是黑影,同时我们的年岁、病痛、工作、习惯,恶狠狠的压上我们的肩背,一天重似一天,在无形中嘲讽的呼喝着,"倒,倒,你这不量力的蠢才!"因此你看这满路的倒尸,有全死的,有半死的,有爬着挣扎的,有默无声息的……嘿!生命这十字架,有几个人扛得起来?

但生命还不是顶重的担负,比生命更重实更压得死人的是思想那十字架。人类心灵的历史里能有几个无成的孟贲乌获?在思想可怕的战场上我们就只有数得清有限的几具光荣的尸体。

我不敢非分的自夸;我不够狂,不够妄。我认识我自己力量的止境,但我却不能制止我看了这时候国内思想界萎瘪现象的愤懑与羞恶。我要一把抓住这时代的脑袋,问它要一点真思想的精神给我看看——不是借来的兑来的冒来的描来的东西,不是纸糊的老虎,摇头的傀儡,蜘蛛网幕面的偶像;我要的是筋骨里迸出来,血液里激出来,性灵里跳出来,生命里震荡出来的真纯的思想。我不来问他要,是我的懦怯;他拿不出来给我看,是他的耻辱。朋友,我要你选定一边,假如你不能站在我的对面,拿出我要的东西来给我看,你就得站在我这一边,帮着我对这时代挑战。

我预料有人笑骂我的大话。是的,大话。我正嫌这年头的话太小了,我们得造一个比小更小的字来形容这年头听着的说话,写下印成的文字;我们得请一个想象力细致如史魏夫脱(Dean Swift)的来描写那些说小话的小口,说尖话的尖嘴。一大群的食蚁兽!他们最大的快乐是忙着他们的尖喙在泥土里垦寻细微的蚂蚁。蚂蚁是吃不完的,同时这可笑的尖嘴却益发不住地向尖的方向进化,小心再隔几代连蚂蚁这食料都显太大了！

我不来谈学问，我不配，我书本的知识是真的十二分的有限。年轻的时候我念过几本极普通的中国书，这几年不但没有知新，温故都说不上，我实在是固陋，但我却抱定孔子的一句名言"知之为知之，不知为不知，是知也"，决不来强不知以为知；我并不看不起国学与研究国学的学者，我十二分尊敬他们，只是这部分的工作我只能艳羡的看他们去做，我自己恐怕不但今天，竟许这辈子都没希望参加的了。外国书呢？看过的书虽则有几本，但是真说得上"我看过的"能有多少，说多一点，三两篇戏，十来首诗，五六篇文章，不过这样罢了。

科学我是不懂的，我不曾受过正式的训练，最简单的物理化学，都说不明白，我要是不预备就去考中学校，十分里有九分是落第，你信不信？天上我只认识几颗大星，地上几棵大树，这也不是先生教我的；从先生那里学来的，十几年学校教育给我的，究竟有些什么，我实在想不起，说不上，我记得的只是几个教授可笑的嘴脸与课堂里强烈的催眠的空气。

我人事的经验与知识也是同样的有限，我不曾做过工；我不曾尝味过生活的艰难，我不曾打过仗，不曾坐过监，不曾进过什么秘密党，不曾杀过人，不曾做过买卖，发过一个大的财。

所以你看，我只是个极平常的人，没有出人头地的学问，更没有非常的经验。但同时我自信我也有我与人不同的地方。我不曾投降这世界，我不受它的拘束。

我是一只没笼头的野马，我从来不曾站定过。我人是在这社会里活着，我却不是这社会里的一个，像是有离魂病似的，我这躯壳的动静是一件事，我那梦魂的去处又是一件事。我是一个傻子：我曾经妄想在这流动的生活里发现一些不变的价值，在这打谎的世上寻出一些不磨灭的真，在我这灵魂的冒险是生命核心里的意义；我永远在无形的经验的巉岩上爬着。

冒险——痛苦——失败——失望，是跟着来的，存心冒险的人就得打算他最后的失望；但失望却不是绝望，这分别很大。我是曾经遭受失望的打击，我的头是流着血，但我的脖子还是硬的；我不能让绝望的重量压住我的呼吸，不能让悲观的慢性病侵蚀我的精神，更不能让厌世的恶质染黑我的血液。厌世观与生命是不可并存的；我是一个生命的信徒，起初是的，今天还是的，将来我敢说也是的。我决不容忍性灵的颓唐，那是最不可救药的堕落，同时却继续躯壳的存在；在我，单这开口说话，提笔写字的事实，就表示后背有一个基本的信仰，完全的没破绽的信仰；否则我何必再做什么文章，办什么报刊？

但这并不是说我不感受人生遭遇的痛创；我决不是那童呆性的乐观主义者；我决不来指着黑影说这是阳光，指着云雾说这是青天，指着分明的恶说这是善；我并不否认黑影、云雾与恶，我只是不怀疑阳光与青天与善的实在；暂时的掩蔽与侵蚀不能使我们绝望，这正应得加倍的激动我们寻求光明的决心。前几天我觉着异常懊丧的时候无意中翻着尼采的一句话，极简单的几个字却涵有无穷的意义与强悍的力量，正如天上星斗的纵横与山川的经纬，在无声中暗示你人生的奥义，祛除你的迷惘，照亮你的思路，他说"受苦的人没有悲观的权利"（The sufferer has no right to pessimism），我那时感受一种异样的惊心，一种异样的彻悟——

> 我不辞痛苦,因为我要认识你,上帝;
> 我甘心,甘心在火焰里存身,
> 到最后那时辰见我的真,
> 见我的真,我定了主意,上帝,再不迟疑!

所以我这次从南边回来,决意改变我对人生的态度,我写信给朋友说这要来认真做一点"人的事业"了——

> 我再不想成仙,蓬莱不是我的分;
> 我只要这地面,情愿安分地做人。

在我这"决心做人,决心做一点认真的事业",是一个思想的大转变;因为先前我对这人生只是不调和不承认的态度,因此我与这现世界并没有什么相互的关系,我是我,它是它,它不能责备我,我也不来批评它。但这来我决心做人的宣言却就把我放进了一个有关系,负责任的地位,我再不能张着眼睛做梦,从今起得把现实当现实看:我要来察看,我要来检查,我要来清除,我要来颠扑,我要来挑战,我要来破坏。

人生到底是什么?我得先对我自己给一个相当的答案。人生究竟是什么?为什么这形形色色的,纷扰不清的现象——宗教,政治,社会,道德,艺术,男女,经济?我来是来了,可还是一肚子的不明白,我得慢慢的看古玩似的,一件件拿在手里看一个清切再来说话,我不敢保证我的话一定在行,我敢担保的只是我自己思想的忠实;我前面说过我的学识是极浅陋的,但我却并不因此自馁,有时学问是一种束缚,知识是一层障碍,我只要能信得过我能看的眼,能感受的心,我就有我的话说;至于我说的话有没有人听,有没有人懂,那是另外一件事,我管不着了——"有的人身死了才出世的",谁知道一个人有没有真的出世那一天?

是的,我从今起要迎上前去!生命第一个消息是活动,第二个消息是搏斗,第三个消息是决定;思想也是的,活动的下文就是搏斗。搏斗就包含一个搏斗的对象,许是人,许是问题,许是现象,许是思想本体。一个武士最大的期望是寻着一个相当的敌手,思想家也是的,他也要一个可以较量他充分的力量的对象。"攻击是我的本性。"一个哲学家说,"要与你的对手相当——这是一个正直的决斗的第一个条件。你心存鄙夷的时候你不能搏斗。你占上风,你认定对手无能的时候你不应当搏斗。我的战略可以约成四个原则:第一,我专打正占胜利的对象——在必要时我暂缓我的攻击,等他胜利了再开手;第二,我专打没有人打的对象,我这边不会有助手,我单独地站定一边——在这搏斗中我难为的只是我自己;第三,我永远不来对人的攻击——在必要时我只拿一个人格当显微镜用,借它来显出某种普遍的,但却隐遁不易踪迹的恶性;第四,我攻击某事物的动机,不包含私人嫌隙的关系,在我攻击是一个善意的,而且在某种情况下,感恩的凭证。"

这位哲学家的战略,我现在僭引作我自己的战略,我盼望我将来不至于在搏斗的沉酣中忽略了预定的规律,万一疏忽时我恳求你们随时提醒。我现在戴我的手套去!

同命运的小鱼

萧　红

我们的小鱼死了。它从盆中跳出来死的。

我后悔,为什么要出去那么久!为什么只贪图自己的快乐而把小鱼干死了!

那天鱼放到水盆中去洗的时候,有两条又活了,在水中立起身来。那么只用那三条死的来烧菜。鱼鳞一片一片地掀掉,沉到水盆底去;肚子剥开,肠子流出来。我只管掀掉鱼鳞,我还没有洗过鱼,这是试着干,所以有点害怕,并且冰凉的鱼的身子,我总会联想到蛇;剥鱼肚子,我更不敢了。郎华剥着,我就在旁边看,然而看也有点躲躲闪闪,好像乡下没有教养的孩子怕着已死的猫会还魂一般。

"你看你这个无用的,连鱼都怕。"说着,他把已经收拾干净的鱼放下,又剥第二个鱼肚子。这回鱼有点动,我连忙扯了他的肩膀一下:"鱼活啦,鱼活啦!"

"什么活啦!神经质的人,你就看着好啦!"他逞强一般在鱼肚子上划了一刀,鱼立刻跳动起来,从手上跳下水盆去。"怎么办哪?"这回他向我说了。我也不知道怎么办。他从水中摸出来看看,好像鱼会咬了他的手,马上又丢下水去。鱼的肠子流在外面一半,鱼是死了。

"反正也是死啦,那就吃了它。"

鱼再被拿到手上,一些也不动弹。他又安然地把它收拾干净。直到第三条鱼收拾完,我都是守候在旁边,怕看,又想看。第三条鱼是完全死的,没有动。盆中更小的一条很活泼了,要在盆中转圈。另一条怕是要死,立起不多时又横在水面。

大炉的铁板热起来,我的脸感觉烤痛时,锅中的油翻着花。鱼就在大炉台的菜板上,就要放到油锅里去。我跑到二层门去拿油瓶,听得厨房里有什么东西跳起来,噼噼啪啪的。他也来看。盆中的鱼仍在游着,那么菜板上的鱼活了,没有肚子的鱼活了,尾巴仍打得菜板很响。

这时我不知该怎么样做,我怕看那悲惨的东西。躲到门口,我想:不吃这鱼吧。然而它已经没有肚子了,可怎样再活?我的眼泪都跑上眼睛来,再不能看了。我转过身去,面向着窗子。窗外的小狗正在追逐那红毛鸡,房东的使女小菊挨过打以后到墙根处去哭……

这是凶残的世界,失去了人性的世界,用暴力毁灭了它吧!毁灭了这些失去了人性的东西!

晚饭的鱼是吃的,可是很腥,我们吃得很少,全部丢到垃圾箱去。

剩下来两条活的就在盆里游泳。夜间睡醒时,听见厨房里有乒乓的水声。点起洋烛去看一下。可是我不敢去,叫郎华去看。

"盆里的鱼死了一条,另一条鱼在游水响……"

到早晨，用报纸把它包起来，丢到垃圾箱去。只剩一条在水中上下游着，又为它换了一盆水，早饭时又丢了一些饭粒给它。

小鱼两天都是快活的，到第三天忧郁起来，看了几次，它都是沉到盆底。

"小鱼都不吃食啦，大概要死吧？"我告诉郎华。

他敲一下盆沿，小鱼走动两步，再敲一下，再走动两步……不敲，它就不走，它就沉下去。

又过一天，小鱼的尾巴也不摇了，就是敲盆沿，它也不动一动尾巴。

"把它送到江里一定能好，不会死。它一定是感到不自由才忧愁起来！"

"怎么送呢？大江还没有开冻，就是能找到一个冰洞把它塞下去，我看也要冻死，再不然也要饿死。"我说。

郎华笑了。他说我像玩鸟的人一样，把鸟放在笼子里，给它米子吃，就说它没有悲哀了，就说比在山里好得多，不会冻死，不会饿死。

"有谁不爱自由呢？海洋爱自由，野兽爱自由，昆虫也爱自由。"郎华又敲了一下水盆。

小鱼只悲哀了两天，又畅快起来，尾巴打着水响。我每天在大炉旁边烧饭，一边看着它，好像生过病又好起来的自己的孩子似的，更珍贵一点，更爱惜一点。天真太冷，打算过了冷天就把它放到江里去。

我们每夜到朋友那里去玩，小鱼就自己在厨房里过个整夜。它什么也不知道，它也不怕猫会把它攫了去，它也不怕耗子会使它惊跳。

我们半夜回来也要看看,它总是安安然然地游着。家里没有猫,所以知道没有危险。

又一天就在朋友那里过的夜,终夜是跳舞,唱戏。明天晚上才回来,时间太长了,我们的小鱼死了!

第一步踏进门的是郎华,差一点没踏碎那小鱼。点起洋烛去看,还有一点呼吸,腮还轻轻抽着。我去摸它身上的鳞,都干了。小鱼是什么时候跳出水的?是半夜?是黄昏?耗子惊了你,还是你听到了猫叫?

蜡油滴了满地,我举着蜡烛的手,不知歪斜到什么程度。

屏着呼吸,我把鱼从地板上拾起来,再慢慢把它送到水里,好像亲手让我完成一件丧仪。沉重的悲哀压住了我的头,我的手也颤抖了。

短命的小鱼死了!是谁把你摧残死的?你还那样幼小,来到世界——说你来到鱼群吧,在鱼群中你还是幼芽一般正应该生长的,可是你死了!

郎华出去了,把空漠的屋子留给我。他回来时正在开门,我就赶上去说:"小鱼没死,小鱼又活啦!"我一面拍着手,眼泪就要流出来。我到桌子上去取蜡烛。他敲着盆沿,没有动,鱼又不动了。

"怎么又不会动了?"手到水里去把鱼立起来,可是它又横过去。

"站起来吧。你看蜡油啊!……"他拉我离开盆边。

小鱼这回是真死了!可是过一会又活了。这回我们相信小鱼绝对不会死,离开水的时间太长,复一复原就会好的。

半夜郎华起来看,说它一点也不动了,但是不怕,那一定是又在休息。我招呼郎华不要动它,小鱼在养病,不要搅扰它。

亮天看它还在休息,吃过早饭看它还在休息。又把饭粒丢到盆中。我的脚踏起地板来也放轻些,只怕把它惊醒,我说小鱼是在睡觉。

这睡觉就再没有醒。我用报纸包它起来,鱼鳞沁着血,一只眼睛一定是在地板上挣跳时弄破的。

就这样吧,我送它到垃圾箱去。

论自己

朱自清

翻开辞典,"自"字下排列着数目可观的成语,这些"自"字多指自己而言。这中间包括着一大堆哲学,一大堆道德,一大堆诗文和废话,一大堆人,一大堆我,一大堆悲喜剧。自己"真乃天下第一英雄好汉",有这些可说的,值得说值不得说的!难怪纽约电话公司研究电话里最常用的字,在五百次通话中会发现三千九百九十次的"我"。这"我"字便是自己称自己的声音,自己给自己的名儿。

自爱自怜!真是天下第一英雄好汉也难免的,何况区区寻常人!冷眼看去,也许只觉得那枉自尊大狂妄得可笑;可是这只见了真理的一半儿。掉过脸儿来,自爱自怜确也有不得不自爱自怜的。幼小时候有父母爱怜你,特别是有母亲爱怜你。到了长大成人,"娶了媳妇儿忘了娘",娘这样看时就不必再爱怜你,至少不必再像当年那样爱怜你。——女的呢,"嫁出门的女儿,泼出门的水";做母亲的虽然未必这样看,可是形格势禁而且鞭长莫及,就是爱怜得着,也只算找补点罢了。爱人该爱怜你？然而爱人们的嘴一例是甜蜜的，谁能说："你泥中有我，我泥中有你！"真有那么回事儿？赶到爱人变了太太，再生了孩子，你算成了家，太太得管家管孩子，更不能一心儿爱怜你。你有时候会病，"久病床前无孝子"，太太怕也够倦的、够烦的。住医院？好，假如有运气住到像当年北平协和医院样的医院里去，倒是比家里强得多。但是护士们看护你，是服务，是工作；也许夹上点儿爱怜在里头，那是"好生之德"，不是爱怜你，是爱怜"人类"。——你又不能老呆在家里，一离开家，怎么着也算"作客"；那时候更没有爱怜你的。可以有朋友招呼你；但朋友有朋友的事儿，哪能教他将心常放在你身上？可以有属员或仆役伺候你，那——说得上是爱怜么？总而言之，天下第一爱怜自己的，只有自己；自爱自怜的道理就在这儿。

再说，"大丈夫不受人怜。"穷有穷干，苦有苦干；世界那么大，凭自己的身手，哪儿就打不开一条路？何必老是向人愁眉苦脸唉声叹气的！愁眉苦脸不顺耳，别人会来爱怜你？自己免不了伤心的事儿，咬紧牙关忍着，等些日子，等些年月，会平静下去的。说说也无妨，只别不拣时候不看地方老是向人叨叨，叨叨得谁也不耐烦的岔开你或者躲开你。也别怨天怨地将一大堆感叹的句子向人身上扔过去。你怨的是天地，倒碍不着别人，只怕别人奇怪你的火气怎么这样大。——自己也免不了吃别人的亏。值不得计较的，不作声吞下肚去。出入大的想法子复仇，力量不够，卧薪尝胆的准备着。可别这儿那儿尽嚷嚷——嚷嚷完了一扔开，倒便宜了那欺负你的人。"好汉胳膊折了往袖子里藏"，为的是不在人面前露怯相，要人爱怜这"苦人儿"似的，这是要强，不是装。说也怪，不受人怜的人倒是能得人怜的人；要强的人总是最能自爱自怜的人。

　　大丈夫也罢，小丈夫也罢，自己其实是渺乎其小的，整个儿人类只是一个小圆球上一些碳水化合物，像现代一位哲学家说的，别提一个人的自己了。庄子所谓马体一毛，其实还是放大了看的。英国有一家报纸登过一幅漫画，画着一个人，仿佛在一间铺子里，周遭陈列着从他身体里分析出来的各种原素，每种标明分量和价目，总数是五先令——那时合七元钱。现在物价涨了，怕要合国币一千元了罢？然而，个人的自己也就值区区这一千元儿！自己这般渺小，不自爱自怜着点又怎么着！然而，"顶天立地"的是自己，"天地与我并生，万物与我为一"的也是自己；有你说这些大处只是好听的话语，好看的文句？你能愣说这样的自己没有！有这么的自己，岂不更值得自爱自怜的？再说自己的扩大，在一个寻常人的生活里也可见出。且先从小处看。小孩子就爱搜集各国的邮票，正是在扩大自己的世界。从前有人劝学世界语，说是可以和各国人通信。你觉得这话幼稚可笑？可是这未尝不是扩大自己的一个方向。再说这回抗战，许多人都走过了若干地方，增长了若干阅历。特别是青年人身上，你一眼就看出来，他们是和抗战前不同了，他们的自己扩大了。——这样看，自己的小，自己的大，自己的由小而大。在自己都是好的。

　　自己都觉得自己好，不错；可是自己的确也都爱好。做官的都爱做好官，不过往往只知道爱做自己家里人的好官，自己亲戚朋友的好官；这种好官往往是自己国家的贪官污吏。做盗贼的也都爱做好盗贼——好喽啰，好伙伴，好头儿，可都只在贼窝里。有大好，有小好，有好得这样坏。自己关闭在自己的丁点大的世界里，往往越爱好越坏。所以非扩大自己不可。但是扩大自己得一圈儿一圈儿的，得充实，得踏实。别像肥皂泡儿，一大就裂。"大丈夫能屈能伸"，该屈的得屈点儿，别只顾伸出自己去。也得估计自己的力量。力量不够的话，"人一能之，己百之，人十能之，己千之"；得寸是寸，得尺是尺。总之路是有的。看得远，想得开，把得稳；自己是世界的时代的一环，别脱了节才真算好。力量怎样微弱，可是是自己的。相信自己，靠自己，随时随地尽自己的一份儿往最好里做去，让自己活得有意思，一时一刻一分一秒都有意思。这么着，自爱自怜才真是有道理的。

何容何许人也

老　舍

粗枝大叶的我可以把与我年纪相仿佛的好友们分为两类。这样的分类可是与交情的厚薄一点也没关系。第一类是因经济的压迫或别种原因，没有机会充分发展自己的才力，到二十多岁已完全把生活放在挣钱养家，生儿养女等等上面去。他们没工夫读书，也顾不得天下大事，眼睛老钉在自己的忧喜得失上。他们不仅不因此而失去他们的可爱，而且可羡慕，因为除非遇上国难或自己故意作恶，他们总是苦乐相抵，不会遇到什么大不幸。他们不大爱思想，所以喝杯咸菜酒也很高兴。

第二类差不多都是悲剧里的角色。他们有机会读书；同情于，或参加过，革命；知道，或想去知道，天下大事；会思想或自己以为会思想。这群朋友几乎没有一位快活的。他们的生年月日就不对：都生在前清末年，现在都在三十五与四十岁之间。礼义廉耻与孝弟忠信，在他们心中还有很大的分量。同时，他们对于新的事情与道理都明白个几成。以前的作人之道弃之可惜，于是对于父母子女根本不敢作什么试验。对以后的文化建设不愿落在人后，可是别人革命可以发财，而他们革命只落个"忆昔当年……"。他们对于一切负着责任：前五百年，后五百年，全属他们管。可是一切都不管他们，他们是旧时代的弃儿，新时代的伴郎。谁都向他们讨税，他们始终就没有二亩地，这些人们带着满肚子的委屈，而且还得到处扬着头微笑，好像天下与自己都很太平似的。

在这第二类的友人中，有的是徘徊于尽孝呢，还是为自己呢？有的是享受呢，还是对家小负责呢？有的是结婚呢，还是保持个人的自由呢？……花样很多，而其基本音调是一个——徘徊、迟疑、苦闷。他们可是也并不敢就干脆不挣扎，他们的理智给感情画出道儿来，结果呢，还是努力的维持旧局面吧，反正得站一面儿，那么就站在自幼儿习惯下来的那一面好啦。这可不是偷懒，捡着容易的作，也不是不厌恶旧而坏的势力，而实在需要很大的勉强或是——说得好听一点——牺牲；因为他们打算站在这一面，便无法不舍掉另一面，而这个另一面正自带着许多媚人的诱惑力量。

何容兄是这样朋友中的一位代表。在革命期间，他曾吃过枪弹：幸而是打在腿上，所以现在还能"不"革命的活着。革命吧，不革命吧，他的见解永不落在时代后头。可是在他的行为上，他比提倡尊孔的人还更古朴，这里所指的提倡尊孔者还是那真心想翼道救世的。他没有一点"新"气，更提不到"洋"气。说卫生，他比谁都晓得。但是他的生活最没规律：他能和友人们一谈谈到天亮，他决不肯只陪到夜里两点。可有一点，这得看是什么朋友；他要是看谁不顺眼，连一分钟也不肯空空的花费。他的"古道"使他柔顺像个羊，同时能使他硬如铁。当他硬的时候，不要说巴结人，就是泛泛的敷衍一下也不肯。在他柔顺的时候，他的感情完全受着理智的调动：比如说友人的小孩病得要死，他能昼夜的去给守着，而面上老是微笑，希望他的笑能减少友人一点痛苦；及至友人们都睡了，他才独对着垂死的小儿落泪。反之，对于他以为不是东西的人，他全任感情行事，不管人家多么难堪。他"承认"了谁，谁就是完人；有了错过他也要说而张不开口。他不承认谁，乘早不必讨他的厌去。

怎样能被他"承认"呢？第一个条件是光明磊落。所谓光明磊落就是一个人能把旧礼教中那些舍己从人的地方用在一切行动上。而且用得自然单纯，不为着什么利益与必期的效果。他不反对人家讲恋爱，可是男的非给女的提着小伞与低声下气的连唤"嘀耳"不可，他便受不住了，他以为这位先生缺乏点丈夫气概。他不是不明白在"追求"期间这几乎是照例的公事，可是他遇到这种事儿，便夸大的要说他的话了："我的老婆给我扛着伞，能把人碰个跟头的大伞！"他，真的，不让何太太扛伞。真的，他也不能给她扛伞。他不佩服打老婆的人，加倍的不佩服打完老婆而出来给她提小伞的人，后者不光明磊落。

光明磊落使他不能低三下四的求爱，使他穷，使他的生活没有规律，使他不能多写文章——非到极满意不肯寄走，改、改、改，结果文章失去自然的风趣。作什么他都出全力，为是对得起人，而成绩未必好。可是他愿费力不讨好，不肯希望"歪打正着"。他不常喝酒，一喝起来他可就认了真，喝酒就是喝酒；醉？活该！在他思索的时候,他是心细如发。他以为不必思索的事,根本不去思索,譬如喝酒,喝就是了,管它什么。他的心思忽细忽粗,正如其为人忽柔忽硬。他并不是疯子,但是这种矛盾的现象,使他"阔"不起来。对于自己物质的享受,他什么都能将就;对于择业择友,一点也不将就。他用消极的安贫去平衡他所不屑的积极发展。无求于人,他可以冷眼静观宇宙了,所以他幽默。他知道自己矛盾,也看出世事矛盾,他的风凉话是含着这双重的苦味。

是的,他不像别的朋友们那样有种种无法解决的,眼看着越缠越紧而翻不起身的事。以他来比较他们,似乎他还该算个幸运的。可是我拿他作这群朋友的代表。正因为他没有显然的困难,他的悲哀才是大家所必不能避免的,不管你如何设法摆脱。显然的困难是时代已对个人提出清账,一五一十,清清楚楚。他的默默悲哀是时代与个人都微笑不语,看到底谁能再敷衍下去。他要想敷衍呢,他便须和一切妥协:旧东西中的好的坏的,新东西中的好的坏的,一齐等着他给喊好;自要他肯给它们喊好,他就颇有希望成为有出路的人。他不能这么办。同时他也知道毁坏了自己并不是怎样了不得的事,他不因不妥协而变成永不洗脸的名士。革命是有意义的事,可是他已先偏过了。怎办呢?他只交下几个好朋友,大家到一块儿,有的说便说,没的说彼此就楞着也好。他也教书,也编书,月间进上几十块钱就可以过去。他不讲穿,不讲究食住,外表上是平静沉默,心里大概老有些人家看不见的风浪。真喝醉了的时候也会放声的哭,也许是哭自己,也许是哭别人。

他知道自己的毛病,所以不吹腾自己的好处。不过,他不想改他的毛病，因为改了毛病好像就失去些硬劲儿似的。努力自励的人，假若没有脑子，往往比懒一些的更容易自误误人。何容兄不肯拿自己当个猴子耍给人家看。好、坏，何容是何容：他的微笑似乎表示着这个。对好友们，他才肯说他的毛病，像是："起居无时，饮食无节，衣冠不整，礼貌不周，思而不学，好求甚解而不读书……"只有他自己才能说得这么透澈。催他写文章，他不说忙，而是"慢与忙有关系，因忧故忙。"因为"作文章像暖房里人工孵鸡，鸡孵出来了，人得病一场！"

　　他若穿起军服来，很像个营里的书记长。胸与肩够宽，可惜脸上太白了些，不完全像个兵。脸白，可并不美。穿起蓝布大衫，又像个学校里不拿事的庶务员。面貌与服装都没什么可说，他的态度才是招人爱的地方，老是安安稳稳，不慌不忙，不多说话，但说出来就得让听者想那么一会儿。香烟不离口；酒不常喝，而且喝多了在两天之后才现醉象——这使朋友们视他为"异人"；他自己也许很以此自豪，虽然"晚醉"和"早醉"是一样受罪的。他喜爱北平，大概最大的原因是北平有几位说得来的朋友。

夏　夜

萧　红

汪林在院心坐了很长的时间了。小狗在她的脚下打着滚睡了。

"你怎么样？我胳臂疼。"

"你要小声点说，我妈会听见。"

我抬头看，她的母亲在纱窗里边，于是我们转了话题。在江上摇船到"太阳岛"去洗澡这些事，她是背着她的母亲的。

第二天，她又是去洗澡。我们三个人租一条小船，在江上荡着。清凉的，水的气味。郎华和我都唱起来了。汪林的嗓子比我们更高。小船浮得飞起来一般。

夜晚又是在院心乘凉，我的胳臂为着摇船而痛了，头觉得发胀。我不能再听那一些话感到趣味。什么恋爱啦，谁的未婚夫怎样啦，某某同学结婚，跳舞……我什么也不听了，只是想睡。

"你们谈吧，我可非睡觉不可。"我向她和郎华告辞。

睡在我脚下的小狗，我误踏了它，小狗还在哽哽地叫着，我就关了门。

最热的几天,差不多天天去洗澡,所以夜夜我早早睡。郎华和汪林就留在暗夜的院子里。

只要接近着床,我什么全忘了。汪林那红色的嘴,那少女的烦闷……夜夜我不知道郎华什么时候回屋来睡觉。就这样,我不知过了几天了。

"她对我要好,真是……少女们。"

"谁呢?"

"那你还不知道!"

"我还不知道。"我其实知道。

很穷的家庭教师,那样好看的有钱的女人竟向他要好了。

"我坦白地对她说了:我们不能够相爱的,一方面有吟,一方面我们彼此相差得太远……你沉静点吧……"他告诉我。

又要到江上去摇船。那天又多了三个人,汪林也在内。一共是六个人:陈成和他的女人,郎华和我,汪林,还有那个编辑朋友。

停在江边的那一些小船动荡得落叶似的。我们四个跳上了一条船,当然把汪林和半胖的人丢下。他们两个就站在石堤上。本来是很生疏的,因为都是一对一对的,所以我们故意要看他们两个也配成一对,我们的船离岸很远了。

"你们坏呀!你们坏呀!"汪林仍叫着。

为什么骂我们坏呢?那人不是她一个很好的小水手吗?为她荡着桨,有什么不愿意吗?也许汪林和我的感情最好,也许她最愿意和我同船。船荡得那么远了,一切江岸上的声音都隔绝,江沿上的人影也消失了轮廓。

水声，浪声，郎华和陈成混合着江声在唱。远远近近的那一些女人的阳伞，这一些船，这一些幸福的船呀！满江上是幸福的船，满江上是幸福了！人间，岸上，没有罪恶了吧！

再也听不到汪林的喊，他们的船是脱开离我们很远了。

郎华故意把桨打起的水星落到我的脸上。船越行越慢，但郎华和陈成流起汗来。桨板打到江心的沙滩了，小船就要搁浅在沙滩上。这两个勇敢的大鱼似的跳下水去，在大江上挽着船行。

一入了湾，把船任意停在什么地方都可以。

我凫水是这样凫的：把头昂在水外，我也移动着，看起来在凫，其实手却抓着江底的泥沙，鳄鱼一样，四条腿一起爬着浮。那只船到来时，听着汪林在叫。很快她脱了衣裳，也和我一样抓着江底在爬，但她是快乐的，爬得很有意思。

在沙滩上滚着的时候，居然很熟识了，她把伞打起来，给她同船的人遮着太阳，她保护着他。陈成扬着沙子飞向他，"陵，着镖吧！"

汪林和陵站了一队，用沙子反攻。

我们的船出了湾，已行在江上时，他们两个仍在沙滩上走着。

"你们先走吧，看我们谁先上岸。"汪林说。

太阳的热力在江面上开始减低，船是顺水行下去的。他们还没有来，看过多少只船，看过多少柄阳伞，然而没有汪林的阳伞。太阳西沉时，江风很大了，浪也很高，我们有点担心那只船。李说那只船是"迷船"。

四个人在岸上就等着这"迷船"，意想不到的是他们绕着弯子从上游来的。

汪林不骂我们是坏人了，风吹着她的头发，那兴奋的样子，这次摇船好像她比我们得到的快乐更大，更多……

早晨在看报时，编辑居然作诗了。大概就是这样的意思：愿意风把船吹翻，愿意和美人一起沉下江去……

我这样一说，就没有诗意了。总之，可不是前几天那样的话，什么摩登女子吃"血"活着啦，小姐们的嘴是吃"血"的嘴啦……总之可不是那一套。这套比那套文雅得多，这套说摩登女子是天仙，那套说摩登女子是恶魔。

汪林和郎华在夜间也不那么谈话了。陵编辑一来，她就到我们屋里来，因此陵到我们家来的次数多多了。

"今天早点走……多玩一会，你们在街角等我。"这样的话，汪林再不向我们说了。她用不到约我们去"太阳岛"了。

伴着这吃人血的女子在街上走，在电影院里会，他也不怕她会吃他的血，还说什么怕呢，常常在那红色的嘴上接吻，正因为她的嘴和血一样红才可爱。

骂小姐们是恶魔是羡慕的意思，是伸手去攫取怕她逃避的意思。

在街上，汪林的高跟鞋，陵的亮皮鞋，格登格登和谐地响着。

第二章　亲眼看看世界

生命就是这样,
你总要做些什么,或者感受些什么,
这两种过程都值得尊敬,不能怠慢。

桂林的微雨

巴　金

绵绵的细雨成天落着。昨晚以为天就会放晴,今天在枕上又听见了叫人厌烦的一滴一滴的雨声。心里想:这样一滴一滴地滴着,要滴到什么时候为止呢?起来看天,天永远板着脸,在那上面看不见笑的痕迹。我不再存什么希望了。让它落罢,这样一想,心倒沉静下来,窗外有人讲话。我无意间听到一个本地口音说:"这种天气谓之好天气。"接着是哈哈的笑声。低的气压似乎被这笑声冲破了。我觉得心境略为畅快。

我初来这里正遇着这样的"好天气"。我觉得烦躁,我感到窒闷。那单调的滴不断似的雨声仿佛打在我的心上,我深夜梦回时不禁奇怪地想:难道我的心是坚厚冷硬的石板,为什么我的心上也响起同样的声音?

我走在街上,雨水把我的头发打湿。眼前似乎罩了一层雾。我的脚踩进泥水中了。我是在两个半月以前,还是在今天?……我要去找那个书店，看那三张善良的年轻面孔。我以为我就要走到了。

但是，啊，街道忽然缩短了，凭空添了一大片空地。我看不见那个走熟了的书店的影子。于是一道亮光在脑中掠过，另一个景象在眼前出现了。我觉得自己被包围在火焰中。一股一股的焦臭迎面而来，我的眼睛被烟熏得快要流出眼泪。没有落雨，但是马路给浸湿了。人在跑，手里提着、捧着东西。大堆的书凌乱地堆在路中间。一个女人又焦急又气愤地对两个伸着手的人说："人家房子都快烧光了，你们还忙着要钱！"她红着脸把手伸进怀里去掏钱。我在这个女人的脸上见到熟人的面容了。我一定在什么地方见过她。不，我应该说是见过这张面孔，这样的表情我在我走过的每一个中国的地方都目击过。这里有悲愤，有痛苦，有焦虑，但是还有一种坚忍的力量……

我再往前走，我仿佛还走在和平的街上。但是一瞬间景象完全改变了。我不得不停止脚步。再没有和平。有的是火焰、窒息呼吸、蒙蔽视线的火焰。墙坍下来，门楼带着火摇摇欲坠；木头和砖瓦堆在新造成的废墟上，像寒夜原野中的篝火似的燃烧着。是这样大的篝火。烧残的书页散落在地上。我要去的那个书店完全做了燃料，找不到一点痕迹了。

"走，走！"警察在驱逐那些旁观的人。黑色的警帽下闪露着多么深的苦恼和愤怒。……我忽然醒过来了。

我又从一个月以前回到今天。雨丝打湿了我的头发。眼镜片上聚着三五滴雨点。我一双鞋底穿了洞的皮鞋在泥泞的道路上擦来磨去。刚刚亮起来的街灯和快要灭尽的白日光线给我指路。迎面走过来两三个撑伞的行人。我经过商务印书馆，整洁的门面完好如旧。我走过中华书局，我看不见非常的景象。但是过了新知书店再往前走……怎么我要去的那家书店不见了？还有我去过的一位朋友的家也不知道连屋瓦都搬到了何处去！剩下的是一片荒凉。几面残剩的危墙应当是那些悲惨的故事的目击者。它们将告诉我一些什么呢？

我站在一堵烧焦了的灰黑的墙壁下，我仰起头去望上面。长的、蛛丝一般的雨打湿了我的头发。墙壁冷酷地立在那里。雨丝洗不去火烧的痕迹。墙壁也许是一个哑子，它在受了那样的残害以后还不肯叫：复仇！

我觉得土地在我的脚下开始摇动了。墙壁在我的眼前倾塌下来。不。没有声音，墙壁车轮似地打了一个转、雨水一下子全干了。墙头发生了火。火必剥必剥地燃着。……我又回到一个月以前的日子了。

夜色突然覆盖了全个城市。但是蓝空却有一段红的天。红色的火光舐着天幕。火光升起来，落下去，又升起来。这时风势已经减弱了。但是凉风吹过，门楼、屋梁、墙头忽然发出巨响，山崩似的向着新的废墟倒下来。火仍在燃烧，火星差不多要飞到我的棉袍上面。我们穿过一条尚在焚烧的巷子，发出热气的墙壁和还在燃烧的瓦砾使我的额上冒汗了。瓦砾堵塞了平时的道路，我们是踏着火焰走过去的。一个朋友要去探望他那个淹没在火海中的故居，可是那里连作为界限的墙壁也不存在了。他立在一片还在冒烟的瓦砾前摇着头在记忆中找寻帮助。他很快地认出了地点，俯下身子想在砖石堆中挖出一两件他所喜欢的东西。我帮忙他找寻那只画眉的尸骸，却看见已经失了形的打字机的遗体。他自己在另一处找到了鸟笼的烧焦的碎片，他珍惜地用两根手指提起它，说："你看，不是在这里吗？"我仿佛听见了那只可怜的鸟的最后哀鸣。

"你们找东西的明天来。现在火还没有熄,不好翻。"对面的房屋还是完好的。它能够巍然单独存在于废墟中间,大概因为它有高的风火墙罢。在门前坐着一个人。上面的话就是从他的口中发出来的。

"我们来找自己的东西。"朋友回答了一句。

"没有人敢来拿东西的,我们在这里给你们看守。有人挑水去了。你看这边那边都还有火。你们明天来罢!"那个守夜的人说。

这个响亮的声音打破了我的梦。我回顾四周,没有朋友,没有守夜的人。现在不是在夜间,我也不要找人和物件。我不要到这里来。但是回忆把我不知不觉地引到这里来了。

我走过环湖路,雨较大了。冰凉的雨点打在我的脸上。脚总是踩在水荡里。雨水已经浸入鞋底,把袜子打湿了。但是鞋底还常常被泥水粘住,好几次要把身体忽然失去平衡的我拖倒在地上。我听见旁边一个年轻人说:"这样的天气真讨厌!"

"讨厌?这算是好天气呢!在这种天气是不会有警报的。"另一个人高声回答。

我已经走过洋桥,更往南走了。我忽然觉得身子轻松,路很快地在我的脚下退去。天晚了。我看见夜幕张开来。雨立刻停止。代替的是火。火又来了。时间一下便跳了回去。

马路上积着水,堆着碎砖,躺着断木,横着电线。整条整条街都只剩下摇晃的墙壁和燃烧的门楼。没有人家,没有从窗户映出的灯光,没有和平的市声。桂林成了一个大的火葬场。耸立的颓垣便是无数的火柱。已经燃烧了五六个钟点了。一家旅馆,我到那里去过两次,那是许多朋友的临时的住家,我看见火在巍峨的门楼上舐着舐着,终于烧断了它.让砖石和焦木带着千万点火星向着我们这面坍下来。是发雷的响声,接着又是许多石块落地的声音。火星向四处放射,像花炮一样。但是在废墟上黑暗的墙角里一个男人尖声叫喊:"救命!"

许多人奔过去,人们乱嚷:"拿电筒来,拿电筒来!"

电筒!我一怔:我手里不是捏着电筒吗?我正要跑过去。但是——我的眼前只有寂寞的废墟,而且被罩在夜幕下面了。我用电筒去照,廉价的小灯泡突然灭了。我才记起来火已经熄了将近一个月了。

"好天气?哼。真正闷死人!我宁肯要晴天,即使飞机来炸,我们也不怕。凭它飞机怎么狠,它能够把我们四万万五千万人炸光吗?"

还是先前那个年轻人,怎么我跟了他们到这里来了?怎么他到现在还谈着那同样的话题?我觉得奇怪。这个人究竟是什么人呢?我想看他一眼。我随手举起电筒,按着电钮。然而没有亮。我才记起我的电筒不亮了。我无法看清楚那个人的脸。我想大概不是做梦罢,也就不再去注意他了。

电筒不亮,就打消了我再往前走的心思。其实这句话也不对。我有点害怕我会再落到一个月以前的日子里去,让那些永不能忘记的景象再度将我的心熬煎。

回到家里,我看见一个月以前自己写在一张破纸上的潦草的字迹:

什么时候才是我们复仇的日子呢？什么时候应该我们站出来对那些人说："下来，你们都下来！停止这卑怯的谋杀行为，像一个人那样和我们面对面地肉搏"呢？什么时候轮到我们升到天空去将那些刽子手全打下来呢？

血不能白流，痛苦应该有补偿，牺牲不会是徒然，那样的日子一定会到来！

我相信自己的话。

夏 天

汪曾祺

夏天的早晨真舒服。空气很凉爽,草上还挂着露水(蜘蛛网上也挂着露水),写大字一张,读古文一篇。夏天的早晨真舒服。

凡花大都是五瓣,栀子花却是六瓣。山歌云:"栀子花开六瓣头。"栀子花粗粗大大,色白,近蒂处微绿,极香,香气简直有点叫人受不了,我的家乡人说是:"碰鼻子香"。栀子花粗粗大大,又香得掸都掸不开,于是为文雅人不取,以为品格不高。栀子花说:"我就是要这样香,香得痛痛快快,你们管得着吗!"

人们往往把栀子花和白兰花相比。苏州姑娘串街卖花,娇声叫卖:"栀子花!白兰花!"白兰花花朵半开,娇娇嫩嫩,如象牙白色,香气文静,但有点甜俗,为上海长三堂子的"倌人"所喜,因为听说白兰花要到夜间枕上才格外地香。我觉得红"倌人"的枕上之花,不如船娘髻边花更为刺激。

夏天的花里最为幽静的是珠兰。

牵牛花短命。早晨沾露才开，午时即已萎谢。

秋葵也命薄。瓣淡黄，白心，心外有紫晕。风吹薄瓣，楚楚可怜。

凤仙花有单瓣者，有重瓣者。重瓣者如小牡丹，凤仙花茎粗肥，湖南人用以腌"臭咸菜"，此吾乡所未有。

马齿苋、狗尾巴草、益母草，都长得非常旺盛。

淡竹叶开浅蓝色小花，如小蝴蝶，很好看。叶片微似竹叶而较柔软。

"万把钩"即苍耳。因为结的小果上有许多小钩，碰到它就会挂在衣服上，得小心摘去。所以孩子叫它"万把钩"。

我们那里有一种"巴根草"，贴地而去，是见缝扎根，一棵草蔓延开来，长了很多根，横的，竖的，一大片。而且非常顽强，拉扯不断。很小的孩子就会唱：

巴根草，

绿茵茵，

唱个唱，

把狗听。

最讨厌的是"臭芝麻"。掏蟋蟀、捉金铃子，常常沾了一裤腿。其臭无比，很难除净。

西瓜以绳络悬之井中，下午剖食，一刀下去，喀嚓有声，凉气四溢，连眼睛都是凉的。

天下皆重"黑籽红瓤"，吾乡独以"三白"为贵：白皮、白瓤、白籽。"三白"以东墩产者最佳。

香瓜有：牛角酥，状似牛角，瓜皮淡绿色，刨去皮，则瓜肉浓绿，籽赤红，味浓而肉脆，北京亦有，谓之"羊角蜜"；虾蟆酥，不甚甜而脆，嚼之有黄瓜香；梨瓜，大如拳，白皮、白瓤，生脆有梨香；有一种较大，皮色如虾蟆，不甚甜，而极"面"，孩子们称之为"奶奶哼"，说奶奶一边吃，一边"哼"。

蝈蝈，我的家乡叫作"叫蚰子"。叫蚰子有两种。一种叫"侉叫蚰子"。那真是"侉"，跟一个叫驴子似的，叫起来"咭咭咭咭"，很吵人。喂它一点辣椒，更吵得厉害。一种叫"秋叫蚰子"，全身碧绿如玻璃翠，小巧玲珑，鸣声亦柔细。

别出声，金铃子在小玻璃盒子里爬哪！它停下来，吃两口食——鸭梨切成小骰子块。于是它叫了，"丁铃铃铃"……

乘凉。

搬一张大竹床放在天井里，横七竖八一躺，浑身爽利，暑气全消。看月华。月华五色晶莹，变幻不定，非常好看。月亮周围有一个模模糊糊的大圆圈，谓之"风圈"，近几天会刮风。"乌猪子过江了"——黑云漫过天河，要下大雨。

一直到露水下来，竹床子的栏杆都湿了，才回去，这时已经很困了，才沾藤枕（我们那里夏天都枕藤枕或漆枕），已入梦乡。

鸡头米老了，新核桃下来了，夏天就快过去了。

春

朱自清

盼望着，盼望着，东风来了，春天的脚步近了。

一切都像刚睡醒的样子，欣欣然张开了眼。山朗润起来了，水涨起来了，太阳的脸红起来了。

小草偷偷地从土里钻出来，嫩嫩的，绿绿的。园子里，田野里，瞧去，一大片一大片满是的。坐着，躺着，打两个滚，踢几脚球，赛几趟跑，捉几回迷藏。风轻悄悄的，草绵软软的。

桃树、杏树、梨树，你不让我，我不让你，都开满了花赶趟儿。红的像火，粉的像霞，白的像雪。花里带着甜味儿，闭了眼，树上仿佛已经满是桃儿、杏儿、梨儿！花下成千成百的蜜蜂嗡嗡地闹着，大小的蝴蝶飞来飞去。野花遍地是：杂样儿，有名字的，没名字的，散在草丛里，像眼睛，像星星，还眨呀眨的。

"吹面不寒杨柳风"，不错的，像母亲的手抚摸着你。风里带来些新翻的泥土的气息，混着青草味，还有各种花的香，都在微微润湿的空气里酝酿。鸟儿将窠巢安在繁花嫩叶当中,高兴起来了,呼朋引伴地卖弄清脆的喉咙,唱出宛转的曲子,与轻风流水应和着。牛背上牧童的短笛,这时候也成天在嘹亮地响。

雨是最寻常的,一下就是三两天。可别恼,看,像牛毛,像花针,像细丝,密密地斜织着,人家屋顶上全笼着一层薄烟。树叶子却绿得发亮,小草也青得逼你的眼。傍晚时候,上灯了,一点点黄晕的光,烘托出一片安静而和平的夜。乡下去,小路上,石桥边,撑起伞慢慢走着的人;还有地里工作的农夫,披着蓑,戴着笠的。他们的草屋,稀稀疏疏的,在雨里静默着。

天上风筝渐渐多了,地上孩子也多了。城里乡下,家家户户,老老小小,他们也赶趟儿似的,一个个都出来了。舒活舒活筋骨,抖擞抖擞精神,各做各的一份事去。"一年之计在于春",刚起头儿,有的是工夫,有的是希望。

春天像刚落地的娃娃,从头到脚都是新的,它生长着。

春天像小姑娘,花枝招展的,笑着,走着。

春天像健壮的青年,有铁一般的胳膊和腰脚,他领着我们上前去。

荷塘月色

朱自清

这几天心里颇不宁静。今晚在院子里坐着乘凉,忽然想起日日走过的荷塘,在这满月的光里,总该另有一番样子吧。月亮渐渐地升高了,墙外马路上孩子们的欢笑,已经听不见了;妻在屋里拍着闰儿,迷迷糊糊地哼着眠歌。我悄悄地披了大衫,带上门出去。

沿着荷塘,是一条曲折的小煤屑路。这是一条幽僻的路;白天也少人走,夜晚更加寂寞。荷塘四面,长着许多树,蓊蓊郁郁的。路的一旁,是些杨柳,和一些不知道名字的树。没有月光的晚上,这路上阴森森的,有些怕人。今晚却很好,虽然月光也还是淡淡的。

路上只我一个人,背着手踱着。这一片天地好像是我的;我也像超出了平常的自己,到了另一世界里。我爱热闹,也爱冷静;爱群居,也爱独处。像今晚上,一个人在这苍茫的月下,什么都可以想,什么都可以不想,便觉是个自由的人。白天里一定要做的事,一定要说的话,现在都可不理。这是独处的妙处,我且受用这无边的荷香月色好了。

曲曲折折的荷塘上面,弥望的是田田的叶子。叶子出水很高,像亭亭的舞女的裙。层层的叶子中间,零星地点缀着些白花,有袅娜地开着的,有羞涩地打着朵儿的;正如一粒粒的明珠,又如碧天里的星星,又如刚出浴的美人。微风过处,送来缕缕清香,仿佛远处高楼上渺茫的歌声似的。这时候叶子与花也有一丝的颤动,像闪电般,霎时传过荷塘的那边去了。叶子本是肩并肩密密地挨着,这便宛然有了一道凝碧的波痕。叶子底下是脉脉的流水,遮住了,不能见一些颜色;而叶子却更见风致了。

月光如流水一般,静静地泻在这一片叶子和花上。薄薄的青雾浮起在荷塘里。叶子和花仿佛在牛乳中洗过一样;又像笼着轻纱的梦。虽然是满月,天上却有一层淡淡的云,所以不能朗照;但我以为这恰是到了好处——酣眠固不可少,小睡也别有风味的。月光是隔了树照过来的,高处丛生的灌木,落下参差的斑驳的黑影,峭楞楞如鬼一般;弯弯的杨柳的稀疏的倩影,却又像是画在荷叶上。塘中的月色并不均匀;但光与影有着和谐的旋律,如梵婀玲上奏着的名曲。

荷塘的四面,远远近近,高高低低都是树,而杨柳最多。这些树将一片荷塘重重围住;只在小路一旁,漏着几段空隙,像是特为月光留下的。树色一例是阴阴的,乍看像一团烟雾;但杨柳的丰姿,便在烟雾里也辨得出。树梢上隐隐约约的是一带远山,只有些大意罢了。树缝里也漏着一两点路灯光,没精打采的,是渴睡人的眼。这时候最热闹的,要数树上的蝉声与水里的蛙声;但热闹是它们的,我什么也没有。

忽然想起采莲的事情来了。采莲是江南的旧俗,似乎很早就有,而六朝时为盛;从诗歌里可以约略知道。采莲的是少年的女子,她们是荡着小船,唱着艳歌去的。采莲人不用说很多,还有看采莲的人。那是一个热闹的季节,也是一个风流的季节。梁元帝《采莲赋》里说得好:

> 于是妖童媛女,荡舟心许;鹢首徐回,兼传羽杯;棹将移而藻挂,船欲动而萍开。尔其纤腰束素,迁延顾步;夏始春余,叶嫩花初,恐沾裳而浅笑,畏倾船而敛裾。

可见当时嬉游的光景了。这真是有趣的事,可惜我们现在早已无福消受了。

于是又记起《西洲曲》里的句子:

> 采莲南塘秋,莲花过人头;
> 低头弄莲子,莲子清如水。

今晚若有采莲人,这儿的莲花也算得"过人头"了;只不见一些流水的影子,是不行的。这令我到底惦着江南了。——这样想着,猛一抬头,不觉已是自己的门前;轻轻地推门进去,什么声息也没有,妻已睡熟好久了。

春的林野

许地山

春光在万山环抱里,更是泄漏得迟。那里的桃花还是开着;漫游的薄云从这峰飞过那峰,有时稍停一会,为的是挡住太阳,教地面的花草在它的荫下避避光焰的威吓。

岩下的荫处和山溪的旁边满长了薇蕨和其他凤尾草。红、黄、蓝、紫的小草花点缀在绿茵上头。

天中的云雀,林中的金莺,都鼓起它们的舌簧。轻风把它们的声音挤成一片,分送给山中各样有耳无耳的生物。桃花听得入神,禁不住落了几点粉泪,一片一片凝在地上。小草花听得大醉,也和着声音的节拍一会倒,一会起,没有镇定的时候。

林下一班孩子正在那里捡桃花的落瓣哪。他们捡着,清儿忽嚷起来,道:"嘎,爸爸来了!"众孩子住了手,都向桃林的尽头盼望。果然爸爸也在那里摘草花。

清儿道:"我们今天可要试试阿桐的本领了。若是他能办得到,我们都把花瓣穿成一串璎珞围在他身上,封他为大哥如何?"

众人都答应了。

阿桐走到邕邕面前,道:"我们正等着你来呢。"

阿桐的左手盘在邕邕的脖上,一面走一面说:"今天他们要替你办嫁妆,教你做我的妻子。你能做我的妻子么?"

邕邕狠视了阿桐一下,回头用手推开他,不许他的手再搭在自己脖上。孩子们都笑得支持不住了。

众孩子嚷道:"我们见过邕邕用手推人了!阿桐赢了!"

邕邕从来不会拒绝人,阿桐怎能知道一说那话,就能使她动手呢?是春光的荡漾,把他这种心思泛出来呢?或者,天地之心就是这样呢?

你且看:漫游的薄云还是从这峰飞过那峰。

你且听:云雀和金莺的歌声还布满了空中和林中。在这万山环抱的桃林中,除那班爱闹的孩子以外,万物把春光领略得心眼都迷蒙了。

故都的秋

郁达夫

秋天，无论在什么地方的秋天，总是好的；可是啊，北国的秋，却特别地来得清，来得静，来得悲凉。我的不远千里，要从杭州赶上青岛，更要从青岛赶上北平来的理由，也不过想饱尝一尝这"秋"，这故都的秋味。

江南，秋当然也是有的；但草木雕得慢，空气来得润，天的颜色显得淡，并且又时常多雨而少风；一个人夹在苏州上海杭州，或厦门香港广州的市民中间，浑浑沌沌地过去，只能感到一点点清凉，秋的味，秋的色，秋的意境与姿态，总看不饱，尝不透，赏玩不到十足。秋并不是名花，也并不是美酒，那一种半开半醉的状态，在领略秋的过程上，是不合适的。

不逢北国之秋，已将近十余年了。在南方每年到了秋天，总要想起陶然亭的芦花，钓鱼台的柳影，西山的虫唱，玉泉的夜月，潭柘寺的钟声。在北平即使不出门去吧，就是在皇城人海之中，租人家一椽破屋来住着,早晨起来,泡一碗浓茶,向院子一坐,你也能看得到很高很高的碧绿的天色,听得到青天下驯鸽的飞声。从槐树叶底,朝东细数着一丝一丝漏下来的日光,或在破壁腰中,静对着像喇叭似的牵牛花(朝荣)的蓝朵,自然而然地也能够感觉到十分的秋意。说到了牵牛花,我以为以蓝色或白色者为佳,紫黑色次之,淡红者最下。最好,还要在牵牛花底,教长着几根疏疏落落的尖细且长的秋草,使作陪衬。

北国的槐树,也是一种能使人联想起秋来的点缀。像花而又不是花的那一种落蕊,早晨起来,会铺得满地。脚踏上去,声音也没有,气味也没有,只能感出一点点极微细极柔软的触觉。扫街的在树影下一阵扫后,灰土上留下来的一条条扫帚的丝纹,看起来既觉得细腻,又觉得清闲,潜意识下并且还觉得有点儿落寞,古人所说的梧桐一叶而天下知秋的遥想,大约也就在这些深沉的地方。

秋蝉的衰弱的残声,更是北国的特产;因为北平处处全长着树,屋子又低,所以无论在什么地方,都听得见它们的啼唱。在南方是非要上郊外或山上去才听得到的。这秋蝉的嘶叫,在北平可和蟋蟀耗子一样,简直像是家家户户都养在家里的家虫。

还有秋雨哩,北方的秋雨,也似乎比南方的下得奇,下得有味,下得更像样。

在灰沉沉的天底下,忽而来一阵凉风,便息列索落地下起雨来了。一层雨过,云渐渐地卷向了西去,天又青了,太阳又露出脸来了;著着很厚的青布单衣或夹袄的都市闲人,咬着烟管,在雨后的斜桥影里,上桥头树底去一立,遇见熟人,便会用了缓慢悠闲的声调,微叹着互答着的说：

"唉，天可真凉了——"（这了字念得很高，拖得很长。）

"可不是么？一层秋雨一层凉啦！"

北方人念阵字，总老像是层字，平平仄仄起来，这念错的歧韵，倒来得正好。

北方的果树，到秋来，也是一种奇景。第一是枣子树；屋角，墙头，茅房边上，灶房门口，它都会一株株地长大起来。像橄榄又像鸽蛋似的这枣子颗儿，在小椭圆形的细叶中间，显出淡绿微黄的颜色的时候，正是秋的全盛时期；等枣树叶落，枣子红完，西北风就要起来了，北方便是尘沙灰土的世界，只有这枣子、柿子、葡萄，成熟到八九分的七八月之交，是北国的清秋的佳日，是一年之中最好也没有的 Golden Days。

有些批评家说，中国的文人学士，尤其是诗人，都带着很浓厚的颓废色彩，所以中国的诗文里，颂赞秋的文字特别的多。但外国的诗人，又何尝不然？我虽则外国诗文念得不多，也不想开出账来，做一篇秋的诗歌散文钞，但你若去一翻英德法意等诗人的集子，或各国的诗文的 Anthology 来，总能够看到许多关于秋的歌颂与悲啼。各著名的大诗人的长篇田园诗或四季诗里，也总以关于秋的部分，写得最出色而最有味。足见有感觉的动物，有情趣的人类，对于秋，总是一样的能特别引起深沈、幽远、严厉、萧索的感触来的。不单是诗人，就是被关闭在牢狱里的囚犯，到了秋来，我想也一定会感到一种不能自已的深情；秋之于人，何尝有国别，更何尝有人种阶级的区别呢？不过在中国，文学里有一个"秋士"的成语，读本里又有着很普遍的欧阳子的《秋声》与苏东坡的《赤壁赋》等，就觉得中国的文人，与秋的关系特别深了。可是这秋的深味，尤其是中国的秋的深味，非要在北方，才感受得到底。

南国之秋，当然是也有它的特异的地方的，譬如廿四桥的明月，钱塘江的秋潮，普陀山的凉雾，荔枝湾的残荷等等，可是色彩不浓，回味不永。比起北国的秋来，正像是黄酒之与白干，稀饭之与馍馍，鲈鱼之与大蟹，黄犬之与骆驼。

秋天，这北国的秋天，若留得住的话，我愿意把寿命的三分之二折去，换得一个三分之一的零头。

江南的冬景

郁达夫

凡在北国过过冬天的人，总都知道围炉煮茗，或吃涮羊肉，剥花生米，饮白干的滋味。而有地炉，暖炕等设备的人家，不管它们外面是雪深几尺，或风大若雷，而躲在屋里过活的两三个月的生活，却是一年之中最有劲的一段蛰居异境；老年人不必说，就是顶喜欢活动的小孩子们，总也是个个在怀恋的，因为当这中间，有的是萝卜，雅儿梨等水果的闲食，还有大年夜、正月初一、元宵等热闹的节期。

但在江南，可又不同；冬至过后，大江以南的树叶，也不至于脱尽。寒风——西北风——间或吹来，至多也不过冷了一日两日。到得灰云扫尽，落叶满街，晨霜白得像黑女脸上的脂粉似的清早，太阳一上屋檐，鸟雀便又在吱叫，泥地里便又放出水蒸气来，老翁小孩就又可以上门前的隙地里去坐着曝背谈天，营屋外的生涯了；这一种江南的冬景，岂不也可爱得很么？

我生长江南，儿时所受的江南冬日的印象，铭刻特深；虽则渐入中年，又爱上了晚秋，以为秋天正是读读书，写写字的人的最惠节季，但对于江南的冬景，总觉得是可以抵得过北方夏夜的一种特殊情调，说得摩登些，便是一种明朗的情调。

我也曾到过闽粤，在那里过冬天，和暖原极和暖，有时候到了阴历的年边，说不定还不得不拿出纱衫来着；走过野人的篱落，更还看得见许多杂七杂八的秋花！一番阵雨雷鸣过后，凉冷一点，至多也只好换上一件夹衣，在闽粤之间，皮袍棉袄是绝对用不着的；这一种极南的气候异状，并不是我所说的江南的冬景，只能叫它作南国的长春，是春或秋的延长。

江南的地质丰腴而润泽，所以含得住热气，养得住植物；因而长江一带，芦花可以到冬至而不败，红叶亦有时候会保持得三个月以上的生命。像钱塘江两岸的乌桕树，则红叶落后，还有雪白的桕子着在枝头，一点一丛，用照相机照将出来，可以乱梅花之真。草色顶多成了赭色，根边总带点绿意，非但野火烧不尽，就是寒风也吹不倒的。若遇到风和日暖的午后，你一个人肯上冬郊去走走，则青天碧落之下，你不但感不到岁时的肃杀，并且还可以饱觉着一种莫名其妙的含蓄在那里的生气；"若是冬天来了，春天也总马上会来"的诗人的名句，只有在江南的山野里，最容易体会得出。

说起了寒郊的散步，实在是江南的冬日，所给与江南居住者的一种特异的恩惠；在北方的冰天雪地里生长的人，是终他的一生，也决不会有享受这一种清福的机会的。我不知道德国的冬天，比起我们江浙来如何，但从许多作家的喜欢以 Spaziergang（散步）一字来做他们的创作题目的一点看来，大约是德国南部地方，四季的变迁，总也和我们的江南差仿不多。譬如说十九世纪的那位乡土诗人洛在格（Peter Rosegger，1843—1918）吧，他用这一个"散步"做题目的文章尤其写得多，而所写的情形，却又是大半可以拿到中国江浙的山区地方来适用的。

江南河港交流，且又地滨大海，湖沼特多，故空气里时含水分；到得冬天，不时也会下着微雨，而这微雨寒村里的冬霖景象，又是一种说不出的悠闲境界。你试想想，秋收过后，河流边三五家人家会聚在一道的一个小村子里，门对长桥，窗临远阜，这中间又多是树枝槎丫的杂木树林；在这一幅冬日农村的图上，再洒上一层细得同粉也似的白雨，加上一层淡得几不成墨的背景，你说还够不够悠闲？若再要点些景致进去，则门前可以泊一只乌篷小船，茅屋里可以添几个喧哗的酒客，天垂暮了，还可以加一味红黄，在茅屋窗中画上一圈暗示着灯光的月晕。人到了这一个境界，自然会得胸襟洒脱起来，终至于得失俱亡，死生不同了；我们总该还记得唐朝那位诗人做的"暮雨潇潇江上村"的一首绝句吧？诗人到此，连对绿林豪客都客气起来了，这不是江南冬景的迷人又是什么？

一提到雨，也就必然地要想到雪；"晚来天欲雪，能饮一杯无？"自然是江南日暮的雪景。"寒沙梅影路，微雪酒香村"，则雪月梅的冬宵三友，会合在一道，在调戏酒姑娘了。"柴门村犬吠，风雪夜归人"是江南雪夜，更深人静后的景况。"前村深雪里，昨夜一枝开"又到了第二天的早晨，和狗一样喜欢弄雪的村童来报告村景了。诗人的诗句，也许不尽是在江南所写，而做这几句诗的诗人，也许不尽是江南人，但假了这几句诗来描写江南的雪景，岂不直截了当，比我这一枝愚劣的笔所写的散文更美丽得多？

　　有几年，在江南也许会没有雨没有雪地过一个冬，到了春间阴历的正月底或二月初再冷一冷下一点春雪的；去年（一九三四）的冬天是如此，今年的冬天恐怕也不得不然，以节气推算起来，大约大冷的日子，将在一九三六年的二月尽头，最多也总不过是七八天的样子。像这样的冬天，乡下人叫作旱冬，对于麦的收成或者好些，但是人口却要受到损伤；旱得久了，白喉，流行性感冒等疾病自然容易上身，可是想恣意享受江南的冬景的人，在这一种冬天，倒只会得感到快活一点，因为晴和的日子多了，上郊外去闲步逍遥的机会自然也多；日本人叫作 Hiking，德国人叫作 Spaziergang 狂者，所最欢迎的也就是这样的冬天。

　　窗外的天气晴朗得像晚秋一样；晴空的高爽，日光的洋溢，引诱得使你在房间里坐不住，空言不如实践，这一种无聊的杂文，我也不再想写下去了，还是拿起手杖，搁下纸笔，上湖上散散步吧！

忆儿时

李叔同

春去秋来,
岁月如流,
游子伤漂泊。
回忆儿时,
家居嬉戏,
光景宛如昨。
茅屋三椽,
老梅一树,
树底迷藏捉。
高枝啼鸟,
小川游鱼,
曾把闲情托。
儿时欢乐,

斯乐不可作。

儿时欢乐,

斯乐不可作。

一个人在途上

郁达夫

在东车站的长廊下,和女人分开以后,自家又剩了孤零丁的一个。频年飘泊惯的两口儿,这一回的离散,倒也算不得什么特别。可是端午节那天,龙儿刚死,到这时候北京城里虽已起了秋风,但是计算起来,去儿子的死期,究竟还只有一百来天。在车座里,稍稍把意识恢复转来的时候,自家就想起了卢骚晚年的作品《孤独散步者的梦想》头上的几句话:

> 自家除了己身以外,已经没有弟兄,没有邻人,没有朋友,没有社会了。自家在这世上,像这样的,已经成了一个孤独者了……

然而当年的卢骚还有弃养在孤儿院内的五个儿子,而我自己哩,连一个抚育到五岁的儿子都还抓不住!

离家的远别,本来也只为想养活妻儿。去年在某大学的被逐,是万料不到的事情。其后兵乱迭起,交通阻绝,当寒冬的十月,会病倒在沪上,也是谁也料想不到的。今年二月,好容易到得南方,静息了一年之半,谁知这刚养得出趣的龙儿又会遭此凶疾呢?

龙儿的病报,本是在广州得着,匆促北航,到了上海,接连接了几个北京来的电报。换船到天津,已经是旧历的五月初十。到家之夜,一见了门上的白纸条儿,心里已经是跳得忙乱,从苍茫的暮色里赶到哥哥家中,见了衰病的她,因为在大众之前,勉强将感情压住。草草吃了夜饭,上床就寝,把电灯一灭,两人只有紧抱的痛哭,痛哭,痛哭,只是痛哭,气也换不过来,更哪里有说一句话的余裕?

受苦的时间,的确脱煞过去的太悠徐,今年的夏季,只是悲叹的连续。晚上上床,两口儿,哪敢提一句话?可怜这两个迷散的灵心,在电灯灭黑的黝暗里,所摸走的荒路,每会凑集在一条线上;这路的交叉点里,只有一块小小的墓碑,墓碑上只有"龙儿之墓"的四个红字。

妻儿因为在浙江老家内不能和母亲同住,不得已,而搬往北京当时我在寄食的哥哥家去,是去年的四月中旬。那时候龙儿正长得肥满可爱,一举一动,处处教人欢喜。到了五月初,从某地回京,觉得哥哥家太狭小,就在什刹海的北岸,租定了一间渺小的住宅。夫妻两个日日和龙儿伴乐,闲时也常在北海的荷花深处,及门前的杨柳荫中带龙儿去走走。这一年的暑假,总算过得最快乐,最闲适。

秋风吹叶落的时候,别了龙儿和女人,再上某地大学去为朋友帮忙,当时他们俩还往西车站去送我来哩!这是去年秋晚的事情,想起来还同昨日的情形一样。

过了一月,某地的学校里发生事情,又回京了一次,在什刹海小住了两星期,本来打算不再出京了,然碍于朋友的面子,又不得不于一天寒风刺骨的黄昏,上西车站去乘车。这时候因为怕龙儿要哭,自己和女人,吃过晚饭,便只说要往哥哥家里去,只许他送我们到门口,记得那一天晚上,他一个人和老妈子立在门口,等我们俩去了好远,还"爸爸!爸爸!"地叫了好几声。啊啊,这几声惨伤的呼唤,便是我在这世上听到的他叫我的最后的声音!

出京之后,到某地住了一宵,就匆促逃往上海。接续便染了病,遇了强盗辈的争夺政权,其后赴南方暂住,一直到今年的五月,才返北京。

想起来,龙儿实在是一个填债的儿子,是当乱离困厄的这几年中间,特来安慰我和他娘的愁闷的使者!

自从他在安庆生落地以来,我自己没有一天脱离过苦闷,没有一处安住到五个月以上。我的女人,也和我分担着十字架的重负,只是东西南北的奔波飘泊。然当日夜难安,悲苦得不了的时候,只教他的笑脸一开,女人和我,就可以把一切穷愁,丢在脑后。而今年五月初十待我赶到北京的时候,他的尸体,早已在妙光阁的广谊园地下躺着了。

他的病,说是脑膜炎。自从得病之日起,一直到旧历端午节的午时绝命的时候止,中间经过有一个多月的光景。平时被我们宠坏了的他,听说此番病里,却乖顺得非常。叫他吃药,他就大口的吃,叫他用冰枕,他就很柔顺的躺上。病后还能说话的时候,只问他的娘:"爸爸几时回来?""爸爸在上海为我定做的小皮鞋,已经做好了没有？"我的女人，于惑乱之余，每幽幽地问他："龙！你晓得你这一场病，会不会死的？"他老是很不愿意的回答说："哪儿会死的哩？"据女人含泪的告诉我说，他的谈吐，绝不似一个五岁的小孩儿。

未病之前一个月的时候，有一天午后他在门口玩耍，看见西面来了一乘马车，马车里坐着一个戴灰白色帽子的青年。他远远看见，就急忙丢下了伴侣，跑进屋里去叫他娘出来，说："爸爸回来了，爸爸回来了！"因为我去年离京时所戴的，是一样的一顶白灰呢帽。他娘跟他出来到门前，马车已经过去了，他就死劲的拉住了他娘，哭喊着说："爸爸怎么不家来吓？爸爸怎么不家来吓？"他娘说慰了半天，他还尽是哭着，这也是他娘含泪和我说的。现在回想起来，自己实在不该抛弃了他们，一个人在外面流荡，致使他那小小的心灵，常有这望远思亲的伤痛。

去年六月，搬往什刹海之后，有一次我们在堤上散步，因为他看见了人家的汽车，硬是哭着要坐，被我痛打了一顿。又有一次，也是因为要穿洋服，受了我的毒打。这实在只能怪我做父亲的没有能力，不能做洋服给他穿，雇汽车给他坐。早知他要这样的早死，我就是典当抢劫，也应该去弄一点钱来，满足他这点点无邪的欲望。到现在追想起来，实在觉得对他不起，实在是我太无容人之量了。

我女人说，濒死的前五天，在病院里，他连叫了几夜的爸爸！她问他："叫爸爸干什么！"他又不响了，停一会儿，就又再叫起来；到了旧历五月初三日，他已入了昏迷状态，医师替他抽骨髓，他只会直叫一声"干吗？"喉头的气管，咯咯在抽咽，眼睛只往上吊送，口头流些白沫，然而一口气总不肯断。他娘哭叫几声"龙！龙！"他

的小眼角上,就会迸流些眼泪出来,后来他娘看他苦得难过,倒对他说:

"龙!你若是没有命的,就好好的去吧!你是不是想等爸爸回来?就是你爸爸回来,也不过是这样的替你医治罢了。龙!你有什么不了的心愿呢?龙!与其这样的抽咽受苦,你还不如快快的去吧!"

他听了这一段话,眼角上的眼泪,更是涌流得厉害。到了旧历端午节的午时,他竟等不着我的回来,终于断气了。

丧葬之后,女人搬往哥哥家里,暂住了几天。我于五月十日晚上,下车赶到什刹海的寓宅,打门打了半天,没有应声。后来抬头一看,才见了一张告示邮差送信的白纸条。

自从龙儿生病以后连日夜看护久已倦了的她,又哪里经得起最后的这一个打击?自己当到京之夜,见了她的衰容,见了她的泪眼,又哪里能够不痛哭呢!

在哥哥家里小住了两三天,我因为想追求龙儿生前的遗迹,一定要女人和我仍复搬回什刹海的住宅去住它一两个月。

搬回去那天,一进上屋的门,就见了一张被他玩破的今年正月里的花灯;听说这张花灯,是南城大姨妈送他的,因为他自家烧破了一个窟窿,他还哭过好几次来的。

其次,便是上房里砖上的几堆烧纸钱的痕迹!系当他下殓时烧给他的。

院子里有一架葡萄,两棵枣树,去年采取葡萄枣子的时候,他站在树下,兜起了大褂,仰头在看树上的我。我摘取一颗,丢入了他的大褂兜里,他的哄笑声,要继续到三五分钟。今年这两棵枣树,结满了青青的枣子,风起的半夜里,老有熟极的枣子辞枝自落。女人和我,睡在床上,有时候且哭且谈,总要到更深人静,方能入睡。在这样的幽幽的谈话中间,最怕听的,就是这滴答的坠枣之声。

到京的第二日,和女人去看他的坟墓。先在一家南纸铺里买了许多冥府的钞票,预备去烧送给他。直到到了妙光阁的广谊园茔地门前,她方从呜咽里清醒过来,说:"这是钞票,他一个小孩如何用得呢?"就又回车转来,到琉璃厂去买了些有孔的纸钱。她在坟前哭了一阵,把纸钱钞票烧化的时候,却叫着说:

"龙!这一堆是钞票,你收在那里,待长大了的时候再用,要买什么,你先拿这一堆钱去用吧!"

这一天在他的坟上坐着,我们直到午后七点,太阳平西的时候,才回家来。临走的时候,她娘还哭叫着说:

"龙!龙!你一个人在这里不怕冷静的么?龙!龙!人家若来欺你,你晚上来告诉娘吧!你怎么不想回来了呢?你怎么梦也不来托一个的呢?"

箱子里,还有许多散放着的他的小衣服。今年北京的天气,到七月中旬,已经是很冷了。当微凉的早晚,我们俩都想换上几件夹衣,然而因为怕见到他旧时的夹衣袍袜,我们俩却尽是一天一天的捱着,谁也不说出口来,说"要换上件夹衫"。

有一次和女人在那里睡午觉,她骤然从床上坐了起来,鞋也不穿,光着袜子,跑上了上房起坐室里,并且更掀帘跑上外面院子里去。我也莫名其妙跟着她跑到外面的时候,只见她在那里四面找寻什么,找寻不着,呆立了一会,她忽然放声哭了起来,并且抱住了我急急的追问说："你听不听见？你听不听见？"哭完之后，她才告诉我说，在半醒半睡的中间，她听见"娘！娘！"的叫了两声，的确是龙的声音，她很坚定的说："的确是龙回来了。"

北京的朋友亲戚，为安慰我们起见，今年夏天常请我们俩去吃饭听戏，她老不愿意和我们去，因为去年的六月，我们无论上哪里去玩，龙儿是常和我们在一处的。

今年的一个暑假，就是这样的，在悲叹和幻梦的中间消逝了。

这一回南方来催我就道的信，过于匆促，出发之前，我觉得还有一件大事情没有做了。

中秋节前新搬了家，为修理房屋，部署杂事，就忙了一个星期。出发之前，又因了种种琐事，不能抽出空来，再上龙儿的坟地里去探望一回。女人上东车站来送我上车的时候，我心里尽酸一阵痛一阵的在回念这一件恨事。有好几次想和她说出来，教她于两三日后再往妙光阁去探望一趟，但见了她的憔悴尽的颜色，和苦忍住的凄楚，又终于一句话也没有讲成。

现在去北京远了，去龙儿更远了，自家只一个人，只是孤零丁的一个人。在这里继续此生中大约是完不了的飘泊。

辛丑北征泪墨

李叔同

　　游子无家，朔南驰逐。值兹离乱，弥多感哀。城郭人民，慨怆今昔。耳目所接，辄志简编。零句断章，积焉成帙。重加厘削，定为一卷。不书时日，酬应杂务。百无二三，颜曰：《北征泪墨》，以示不从日记例也。

辛丑初夏，惜霜识于海上李庐。

光绪二十七年春正月，拟赴豫省仲兄。将启行矣，填《南浦月》一阕海上留别词云：

　　杨柳无情，丝丝化作愁千缕。
　　惺忪如许，萦起心头绪。
　　谁道销魂，尽是无凭据。
　　离亭外，一帆风雨，只有人归去。

越数日启行,风平浪静,欣慰殊甚。落日照海,白浪翻银,精彩眩目。群鸟翻翼,回翔水面。附海诸岛,若隐若现。是夜梦至家,见老母室人作对泣状,似不胜离别之感者。余亦潸然涕下。比醒时,泪痕已湿枕矣。

途经大沽口,沿岸残垒败灶,不堪极目。《夜泊塘沽》诗云:

> 杜宇声声归去好,天涯何处无芳草。
> 春来春去奈愁何?流光一霎催人老。
> 新鬼故鬼鸣喧哗,野火磷磷树影遮。
> 月似解人离别苦,清光减作一钩斜。

晨起登岸,行李冗赘。至则第一次火车已开往矣。欲寻客邸暂驻行踪,而兵燹之后,旧时旅馆率皆颓坏。有新筑草舍三间,无门窗床几,人皆席地坐,杯茶盂馔,都叹缺如。强忍饥渴,兀坐长喟。至日暮,始乘火车赴天津。路途所经,庐舍大半烧毁。抵津城,而城墙已拆去,十无二三矣。侨寄城东姚氏庐,逢旧日诸友人,晋接之余,忽忽然如隔世。唐句云:"乍见翻疑梦,相悲各问年。"其此境乎!到津次夜,大风怒吼,金铁皆鸣,愁不成寐,诗云:

> 世界鱼龙混,天心何不平!
> 岂因时事感,偏作怒号声。
> 烛尽难寻梦,春寒况五更。
> 马嘶残月坠,笳鼓万军营。

居津数日，拟赴豫中。闻土寇蜂起，虎踞海隅，屡伤洋兵，行人惴惴。余自是无赴豫之志矣。小住二旬，仍归棹海上。

天津北城旧地，拆毁甫毕。尘积数寸，风沙漫天，而旷阔逾恒，行道者便之。

晤日本上冈君，名岩太，字白电，别号九十九洋生，赤十字社中人，今在病院。笔谈竟夕，极为契合，蒙勉以"尽忠报国"等语，感愧殊甚。因成七绝一章，以当诗云：

> 杜宇啼残故国愁，虚名遑敢望千秋。
> 男儿若论收场好，不是将军也断头。

越日，又偕赵幼梅师、大野舍吉君、王君耀忱及上冈君，合拍一照于育婴堂，盖赵师近日执事于其间也。

居津时，日过育婴堂，访赵幼梅师，谈日本人求赵师书者甚多，见予略解分布，亦争以缣素嘱写，颇有应接不暇之势。追忆其姓名，可记者，曰神鹤吉、曰大野舍吉、曰大桥富藏、曰井上信夫、曰上冈岩太、曰塚崎饭五郎、曰稻垣几松。就中大桥君有书名，予乞得数幅。又丐赵师转求千郁治书一联，以千叶君尤负盛名也。海外墨缘，于斯为盛。

北方当仲春天气，犹凝阴积寒，抚事感时，增人烦恼。旅馆无俚。读李后主《浪淘沙》词"帘外雨潺潺，春意阑珊。罗衾不耐五更寒"句，为之怅然久之。既而，风雪交加，严寒砭骨，身着重裘，犹起栗也。《津门清明》诗云：

一杯浊酒过清明，觞断樽前百感生。
辜负江南好风景，杏花时节在边城。

世人每好作感时诗文，余雅不喜此事，曾有诗以示津中同人。诗云：

千秋功罪公评在，我本红羊劫外身。
自分聪明原有限，羞从事后论旁人。

北地多狂风，今岁益甚。某日夕，有黄云自西北来，忽焉狂风怒号，飞沙迷目。彼苍苍者其亦有所感乎！

二月杪，整装南下，第一夜宿塘沽旅馆。长夜漫漫，孤灯如豆，填《西江月》一阕词云：

残漏惊人梦里，孤灯对景成双。
前尘渺渺几思量，只道人归是谎。
谁说春宵苦短，算来竟比年长。
海风吹起夜潮狂，怎把新愁吹涨。

越日，日夕登轮。诗云：

感慨沧桑变，天边极目时。
晚帆轻似箭，落日大如箕。

风卷旌旗走，野平车马驰。

河山悲故国，不禁泪双垂。

开轮后，入夜管弦嘈杂，突惊幽梦。倚枕静听，音节斐靡，飒飒动人。昔人诗云："我已三更鸳梦醒，犹闻帘外有笙歌。"不图于今日得之。

舟泊烟台，山势环拱，帆樯云集，海水莹然，作深碧色。往来渔舟，清可见底。登高眺远，幽怀顿开。诗云：

澄澄一水碧琉璃，长鸣海鸟如儿啼。

晨日掩山白无色，□□□□青天低。

午后，偕友登烟台岸小憩，归来已日暮。□□□开轮。午餐后，同人又各奏乐器，笙琴笛管，无美不□。迭奏未已，继以清歌。愁人当此，虽可差解寂寥，然河满一声，奈何空唤；适足增我回肠荡气耳。枕上口占一绝，云：

子夜新声碧玉环，可怜肠断念家山。

劝君莫把愁颜破，西望长安人未还。

又是冬天

萧　红

　　窗前的大雪白绒一般,没有停地在落,整天没有停。我去年受冻的脚完全好起来,可是今年没有冻,壁炉着得呼呼发响,时时起着木柈的小炸音;玻璃窗简直就没被冰霜蔽住;柈子不像去年摆在窗前,那是装满了柈子房的。

　　我们决定非回国不可,每次到书店去,一本杂志也没有,至于别的书那还是三年前摆在玻璃窗里退了色的旧书。非走不可,非走不可。

　　遇到朋友们,我们就问:

　　"海上几月里浪小?海船是怎样晕法?……"因为我们都没航过海,海船那样大,在图画上看见也是害怕,所以一经过"万国车票公司"的窗前,必须要停住许多时候,要看窗子里立着的大图画,我们计算着这海船有多么高啊!都说海上无风三尺浪,我在玻璃上就用手去量,看海船有海浪的几倍高。结果那太差远了!海船的高度等于海浪的二十倍。我说海船六丈高。

"那有六丈？"郎华反对我，他又量量，"哼！可不是吗！差不多……海浪三尺，船高是二十三尺。"

也有时因为我反复着说："有那么高吗？没有吧！也许有！"

郎华听了就生起气了，因为海船的事差不多在街上就吵架……

可是朋友们不知道我们要走，有一天我们在胖朋友家里举起酒杯的时候，嘴里吃着烧鸡的时候，郎华要说，我不叫他说，可是到底说了。

"走了好！我看你早就该走！"以前胖朋友常这样说："郎华，你走吧！我给你们对付点路费。我天天在×××科里边听着问案子，皮鞭子打得那个响！嗳，走吧！我想要是我的朋友也弄去……那声音可怎么听？我一看到那行人，我就想到你……"

老秦来了，他是穿一件崭新的外套，看起来帽子也是新的，不过没有问他，他自己先说：

"你们看我穿新外套了吧？非去上海不可，忙着做了两件衣裳，好去进当铺，卖破烂新的也值几个钱……"

听了这话我们很高兴，想不说也不可能："我们也走，非走不可，在这个地方等着活剥皮吗？"郎华说完了郎华就笑了："你什么时候走？"

"那么你们呢？"

"我们没有一定。"

"走就五六月走，海上浪小……"

"那么我们一同走吧！"

老秦并不认为我们是真话，大家随便说了不少关于走的事情，怎样走法呢？怕路上检查，怕路上盘问，到上海什么朋友也没有，又没有钱。说得高兴起来，逼真了！带着幻想了！老秦是到过上海的，他说四马路怎样怎样！他说上海的穷是怎样的穷法⋯⋯

他走了以后，雪还没有停，我把火炉又放进一块木桦去。又到烧晚饭的时间了！我想一想去年，想一想今年，看一看自己的手骨节胀大了一点，个子还是这么高，还是这么瘦⋯⋯

这房子我看得太熟了，至于墙上或是棚顶有几个多余的钉子，我都知道。郎华呢？没有瘦胖，他是照旧，从我认识他那时候起，他就是那样，颧骨很高，眼睛小，嘴大，鼻子是一条柱。

"我们吃什么饭呢？吃面或是饭？"

居然我们有米有面了，这和去年不同，忽然那些回想牵住了我——借到两角钱或一角钱⋯⋯空手他跑回来⋯⋯抱着新棉袍去进当铺。

我想到我冻伤的脚，下意识地看了一下脚。于是又想到桦子，那样多的桦子，烧吧！我就又去搬了木桦进来。

"关上门啊！冷啊！"郎华嚷着。

他仍把两手插在裤袋，在地上打转；一说到关于走，他就不住地打转，转起半点钟来也是常常的事。

秋天，我们已经装起电灯了。我在灯下抄自己的稿子，郎华又跑出去，他是跑出去玩，这可和去年不同，今年他不到外面当家庭教师了。

秋

徐志摩

两年前，在北京，有一次，也是这么一个秋风生动的日子，我把一个人的感想比作落叶，从生命那树上掉下来的叶子。落叶，不错，是衰败和凋零的象征，它的情调几乎是悲哀的。但是那些在半空里飘摇，在街道上颠倒的小树叶儿，也未尝没有它们的妩媚，它们的颜色，它们的意味，在少数有心人看来，它们在这宇宙间并不是完全没有地位的。"多谢你们的摧残，使我们得到解放，得到自由。"它们仿佛对无情的秋风说。"劳驾你们了，把我们踹成粉，踩成泥，使我们得到解脱，实现消灭。"它们又仿佛对不经心的人们这么说。因为看着，在春风回来的那一天，这叫卑微的生命的种子又会从冰封的泥土里翻成一个新鲜的世界。它们的力量，虽则是看不见，可是不容疑惑的。

我那时感着的沉闷，真是一种不可形容的沉闷。它仿佛是一座大山，我整个的生命叫它压在底下。我那时的思想简直是毒的，我有一首诗,题目就叫《毒药》,开头的两行是 ——

> 今天不是,我歌唱的日子,我口边涎着狞恶的冷笑,不是我说笑的日子,我胸怀间插着发冷光的刀剑;
>
> 相信我,我的思想是恶毒的,因为这世界是恶毒的,我的灵魂是黑暗的,因为太阳已经灭绝了光彩,我的声调,像是坟堆里的夜枭,因为人间已经杀尽了一切的和谐,我的口音,像是冤鬼责问他的仇人,因为一切的恩已经让路给一切的怨。

我借这一首不成形的咒诅的诗,发泄了我一腔的闷气,但我却并不绝望,并不悲观,在极深刻的沉闷的底里,我那时还摸着了希望。所以我在《婴儿》——那首不成形诗的最后一节——那诗的后段,在描写一个产妇在她生产的受罪中,还能含有希望的句子。

在我那时带有预言性的想象中,我想望着一个伟大的革命。因此我在那篇《落叶》的末尾,我还有勇气来对付人生的挑战,郑重的宣告一个态度,高声的喊一声"Everlasting Yea",借用两个有力量的外国字——"Everlasting Yea"。

"Everlasting Yea","Everlasting Yea",一年,一年,又过去了两年。这两年间我那时的想望实现了没有?那伟大的"婴儿"有出世了没有?我们的受罪取得了认识与价值没有?

我不知道,我不知道。我知道的还只是那一大堆丑陋的蛮肿的沉闷,压得瘪人的沉闷,笼盖着我的思想,我的生命。它在我经络里,在我的血液里。我不能抵抗,我再没有力量。

我们靠着维持我们生命的不仅是面包，不仅是饭，我们靠着活命的，是一个诗人的话，是情爱，敬仰心，希望。"We Live by love, admiration and hope"这话又包涵一个条件，就是说这世界这人类能承受我们的爱，值得我们的敬仰，容许我们的希望的。但现代是什么光景？人性的表现，我们看得见听得到的，到底是怎样回事？我想我们都不是外人，用不着掩饰，实在也无从掩饰，这里没有什么人性的表现，除了丑恶，下流，黑暗。太丑恶了，我们火热的胸膛里有爱不能爱，太下流了，我们有敬仰心不能敬仰，太黑暗了，我们要希望也无从希望。太阳给天狗吃了去，我们只能在无边的黑暗中沉默着，永远的沉默着！这仿佛是经过一次强烈的地震的悲惨，思想，感情，人格，全给震成了无可收拾的断片，也不成系统，再也不得连贯，再也没有表现。但你们在这个时候要我来讲话，这使我感到一种异样的难受。难受，因为我自身的悲惨。难受，尤其因为我感到你们的邀请不止是一个寻常讲演的邀请，你们来邀我，当然不是要什么现成的主义，那我是外行，也不为什么专门的学识，那我是草包，你们明知我是一个诗人，他的家当，除了几座空中的楼阁，至多只是一颗热烈的心。你们邀我来也许在你们中间也有同我一样感到这时代的悲哀，一种不可解脱不能摆脱的况味，所以邀我这同是这悲哀沉闷中的同志来，希冀万一，可以给你们打几个幽默的比喻，说一点笑话，给一点子安慰，有这么小小的一半个时辰，彼此可以在同情的温暖中忘却了时间的冷酷。因此我踌躇，我来怕没有什么交代，不来又于心不安。我也曾想选几个离着实际的人生较远些的事儿来和你们谈谈，但是相信我，朋友们，这念头是枉然的，因为不论你思想的起点是星光是月是蝴蝶，只一转身，又逢着了人生的基本问题，冷森森的竖着像是几座拦路的墓碑。

不，我们躲不了它们：关于这时代人生的问号，小的，大的，歪的，正的，像蝴蝶似的绕满了我们的周遭。正如在两年前它们逼迫我宣告一个坚决的态度，今天它们还是逼迫着要我来表示一个坚决的态度。也好，我想，这是我再来清理一次我的思想的机会，在我们完全没有能力解决人生问题时，我们只能承认失败。但我们当前的问题究竟是些什么？如其它们有力量压倒我们，我们至少也得抬起头来认一认我们敌人的面目再说。再说譬如医病，我们先得看清是什么病而后用药，才可以有希望治病。说我们是有病，那是无可置疑的。但病在那一部，最重要的症候是什么，我们却不一定答得上。至少，各人有各人的答案，决不会一致的。就说这时代的烦闷：烦闷也不能凭空来的不是？它也得有种种造成它的原因，它到底是怎么回事，我们也得查个明白。换句话说，我们先得确定我们的问题，然后再试第二步的解决。也许在分析我们病症的研究中，某种对症的医法，就会不期然的显现。我们来试试看。

说到这里，我们可以想象一班乐观派的先生们冷眼的看着我们好笑。他们笑我们无事忙，谈什么人生，谈什么根本问题。人生根本就没有问题，这都那玄学鬼钻进了懒惰人的脑筋里在那里不相干的捣玄虚来了！做人就是做人，重在这做字上。你天性喜欢工业，你去找工程事情做去就得。你爱谈整理国故，你寻你的国故整理去就得。工作，更多的工作，是惟一的福音。把你的脑力精神一齐放在你愿意做的工作上，你就不会轻易发挥感伤主义，你就不会无病呻吟，你只要尽力去工作，什么问题都没有了。

这话初听倒是又生辣又干脆的，本来末，有什么问题，做你的工好了，何必自寻烦恼！但是你仔细一想的时候，这明白晓畅的福音还是有漏洞的。固然这时代很多的呻吟只是懒鬼的装痛，或是虚幻的想象，但我们因此就能说这时代本来是健全的，所谓病痛所谓烦恼无非是心理作用了吗？固然当初德国有一个大诗人，他的伟大的天才使他在什么心智的活动中都找到趣味，他在科学实验室里工作得厌倦了，他就跑出来带住一个女性就发迷，西洋人说的"跌进了恋爱"；回头他又厌倦了或是失恋了，只一感到烦恼，或悲哀的压迫，他又赶快飞进了他的实验室，关上了门，也关上了他自己的感情的门，又潜心他的科学研究去了。在他，所谓工作确是一种救济，一种关栏，一种调剂，但我们怎能比得？我们一班青年感情和理智还不能分清的时候，如何能有这样伟大的克制的工夫？所以我们还得来研究我们自身的病痛，想法可能的补救。

并且这工作论是实际上不可能的。因为假如社会的组织，果然能容得我们各人从各人的心愿选定各人的工作并且有机会继续从事这部分的工作，那还不是一个黄金时代？"民各乐其业，安其生。"还有什么问题可谈的？现代是这样一个时候吗？商人能安心做他的生意，学生能安心读他的书，文学家能安心做他的文章吗？正因为这时代从思想起，什么事情都颠倒了，混乱了，所以才会发生这普通的烦闷病，所以才有问题，否则认真吃饱了饭没有事做，大家甘心自寻烦恼不成。

我们来看看我们的病症。

第一个显明的症候是混乱。一个人群社会的存在与进行是有条件的。这条件是种种体力与智力的活动的和谐的合作，在这诸种活动中的总线索，总指挥，是无形迹可寻的思想，我们简直可以说哲理的思想，它顺着时代或领着时代规定人类努力的方面，并且在可能时给它一种解释，一种价值的估定与意义的发见。思想是一个使命，是引导人类从非意识的以至无意识的活动进化到有意识的活动，这点子意识性的认识与觉悟，是人类文化史上最光荣的一种胜利，也是最透彻的一种快乐。果然是这部分哲理的思想，统辖得住这人群社会全体的活动，这社会就上了正轨；反面说，这部分思想要是失去了它那总指挥的地位，那就坏了，种种体力和智力的活动，就随时随地有发生冲突的可能，这重心的抽去是种种不平衡现象主要的原因。现在的中国就吃亏在没有了这个重心，结果什么都豁了边，都不合适了。我们这老大国家，说也可惨，在这百年来，根本就没有思想可说。从安逸到宽松，从宽松到怠惰，从怠惰到着忙，从着忙到瞎闯，从瞎闯到混乱，这几个形容词我想可以概括近百年来中国的思想史，——简单说，它完全放弃了总指挥的地位，没有了系统，没有了目标，没有了和谐，结果是现代的中国：一团混乱。

混乱，混乱，那儿都是的。因为思想的无能，所以引起种种混乱的现象，这是一步。再从这种种的混乱，更影响到思想本体，使它也传染了这混乱。好比一个人因为身体软弱才受外感，得了种种的病，这病的蔓延又回过来销蚀病人有限的精力，使他变成更软弱了，这是第二步。经济，政治，社会，那儿不是蹉跎，那儿不是混乱？这影响到个人方面是理智与感情的不平衡，感情不受理智的节制就是意气，意气永远是浮的，浅的，无结果的；因为意气占了上风，结果是错误的活动。为了不曾辨认清楚的目标，我们的文人变成了政客，研究科学的，做了非科学的官，学生抛弃了学问的寻求，工人做了野心家的牺牲。这种种混乱现象影响到我们青年是造成烦闷心理的原因的一个。

这一个症候——混乱——又过渡到第二个症候——变态。什么是人群社会的常态？人群是感情的结合。虽则尽有好奇的思想家告诉我们人是互杀互害的，或是人的团结是基本于怕惧的本能，虽则就在有秩序上轨道的社会里，我们也看得见恶性的表现，我们还是相信社会的纪纲是靠着积极的情感来维系的。这是说在一常态社会天平上，情爱的分量一定超过仇恨的分量，互助的精神一定超过互害互杀的现象。但在一个社会没有了负有指导使命的思想的中心的情形之下，种种离奇的变态的现象，都是可能产生的了。

一个社会不能供给正当的职业时，它即使有严厉的法令，也不能禁止盗匪的横行。一个社会不能保障安全，奖励恒业恒心，结果原来正当的商人，都变成了拿妻子生命财产来做买空卖空的投机家。我们只要翻开我们的日报：就可以知道这现代的社会是常态是变态。笼统一点说，他们现在只有两个阶级可分，一个是执行恐怖的主体，强盗，军队，土匪，绑匪，政客，野心的政治家，所有得势的投机家都是的，他们实行的，不论明的暗的，直接间接都是一种恐怖主义。还有一个是被恐怖的。前一阶级永远拿着杀人的利器或是类似的东西在威吓着，压迫着，要求满足他们的私欲，后一阶级永远在地上爬着，发着抖，喊救命，这不是变态吗？这变态的现象表现在思想上就是种种荒谬的主义离奇的主张。笼统说，我们现在听得见的主义主张，除了平庸不足道的，大就是计算领着我们向死路上走的。这不是变态吗？

这种种的变态现象影响到我们青年，又是造成烦闷心理的原因的一个。

这混乱与变态的观众又协同造成了第三种的现象一切标准的颠倒。人类的生活的条件，不仅仅是衣食住："人之异于禽兽者几希"，我们一讲到人道，就不能脱离相当的道德观念。这比是无形的空气，他的清鲜是我们健康生活的必要条件。我们不能没有理想，没有信念，我们真生命的寄托决不在单纯的衣食间。我们崇拜英雄！广义的英雄——因为在他们事业上表现的品性里，我们可以感到精神的满足与灵感，鼓动我们更高尚的天性，勇敢的发挥人道的伟大。你崇拜你的爱人，因为她代表的是女性的美德。你崇拜当代的政治家，因为他们代表的是无私心的努力。你崇拜思想家，因为他们代表的是寻求真理的勇敢。这崇拜的涵义就是标准。时代的风尚尽管变迁，但道义的标准是永远不动摇的。这些道义的准则，我们向时代要求的是随时给我们这些道义准则的一个具体的表现。仿佛是在渺茫的人生道上给悬着几颗照路的明星。但现在给我们的是什么？我们何尝没有热烈的崇拜心？我们何尝不在这一件那一件事上，或是这一个人物那一个人物的身上安放过我们迫切的期望。但是，但是，还用我说吗！有那一件事不使我们重大的迷惑，失望，悲伤？说到人的方面，哪有比普通的人格的破产更可悲悼的？在不知那一种魔鬼主义的秋风里，我们眼见我们心目中的偶像败叶似的一个个全掉了下来！眼见一个个道义的标准，都叫丑恶的人格给沾上了不可清洗的污秽！标准是没有了的。这种种道德方面人格方面颠倒的现象，影响到我们青年，又是造成烦闷心理的原因的一个。

跟着这种种症候还有一个惊心的现象，是一般创作活动的消沉，这也是当然的结果。因为文艺创作活动的条件是和平有秩序的社会状态，常态的生活，以及理想主义的根据。我们现在却只有混乱，变态，以及精神生活的破产。这仿佛是拿毒药放进了人生的泉源，从这里流出来的思想，那还有什么真善美的表现？

这时代病的症候是说不尽的，这是最复杂的一种病，但单就我们上面说到的几点看来，我们似乎已经可以采得一点消息，至少我个人是这么想。——那一点消息就是生命的枯窘，或是活力的衰耗。我们所以得病是为我们生活的组织上缺少了思想的重心，它的使命是领导与指挥。但这又为什么呢？我的解释，是我们这民族已经到了一个活力枯窘的时期。生命之流的本身，已经是近于干涸了；再加之我们现得的病，又是直接克伐生命本体的致命症候，我们怎能受得住？这话可又讲远了，但又不能不从本原上讲起。我们第一要记得我们这民族是老得不堪的一个民族。我们知道什么东西都有它天限的寿命；一种树只能青多少年，过了这期限就得衰，一种花也只能开几度花，过此就为死（虽则从另一种看法，它们都是永生的，因为它们本身虽得死，它们的种子还是有机会继续发长）。我们这棵树在人类的树林里，已经算得是寿命极长的了。我们的血统比较又是纯粹的，就连我们的近邻西藏满蒙的民族都等于不和我们混合。还有一个特点是我们历来因为四民制的结果，士之子恒为士，商之子恒为商，思想这任务完全为士民阶级的专利,又因为经济制度的关系,活力最充足的农民简直没有机会读书,因为士民阶级形成了一种孤单的地位。我们要知道知识是一种堕落,尤其从活力的观点看,这士民阶级是特别堕落的一个阶级,再加之我们旧教育观念的偏窄,单就知识论,我们思想本能活动的范围简直是荒谬的狭小。我们只有几本书,一套无生命的陈腐的文字,是我们惟一的工具。这情形就比是本来是一个海湾,和大海是相通的,但后来因为沙地的胀起,这一湾水渐渐隔离它所从来的海,而变成了湖。这湖原先也许还承受得着几股山水的来源,但后来又经过陵谷的变迁,这部分的来源也断绝了,结果这湖又干成一只小潭,乃至一小潭的止水,胀满了青苔与萍梗,纯迟迟的眼看得见就可以完全干涸了去的一个东西。这是我们受教育的士民阶级的相仿情形。现在所谓知识阶级亦无非是这潭死水里的比较泥草松动些风来还多少吹得皱的一洼臭水,别瞧它矜矜自喜,可怜它能有多少前程?还能有多少生命?

所以我们这病,虽则症候不止一种,虽然看来复杂,归根只是中医所谓气血两亏的一种本原病。我们现在所感觉的烦闷,也只见沉浸在这一洼离死不远的臭水里的气闷,还有什么可说的?水因为不流所以滋生了水草,这水草的涨性,又帮助浸干这有限的水。同样的,我们的活力因为断绝了来源,所以发生了种种本原性的病症,这些病又回过来侵蚀本原,帮助消尽这点仅存的活力。

病性既是如此,那不是完全绝望了吗?

那也不能这么容易。一棵大树的凋零,一个民族的衰歇,决不是一朝一夕的事儿。我们当然还是要命。只是怎么要法,是我们的问题。我说过我们的病根是在失去了思想的重心，那又是原因于活力的单薄。在事实上，我们这读书阶级形成了一种极孤单的状况，一来因为阶级关系它和民族里活力最充足的农民阶级完全隔绝了，二来因为畸形教育以及社会的风尚的结果，它在生活方面是极端的城市化，腐化，奢侈化，惰化，完全脱离了大自然健全的影响变成自蚀的一种蛀虫，在智力活动方面，只偏向于纤巧的浅薄的诡辩的乃至于程式化的一道，再没有创造的力量的表示，渐次的完全失去了它自身的尊严以及统辖领导全社会活动的无上的权威。这一没有了统帅，种种紊乱的现象就都跟着来了。

这畸形的发展是值得寻味的。一方面你有你的读书阶级，中了过度文明的毒，一天一天望腐化僵化的方向走，但你却不能否认它智力的发达，只因为道义标准的颠倒以及理想主义的缺乏，它的活动也全不是在正理上。就说这一堂的翩翩年少——尤其是文化最发旺的江浙的青年，十个虑有九个是弱不禁风的。但问题还不全在体力的单薄，尤其是智力活动本身是有了病，它只有毒性的载刺，没有健全的来源，没有天然的滋养。纤巧的新奇的思想不是我们需要的，我们要的是从丰满的生命与强健的活力里流露出来纯正的健全的思想，那才是有力量的思想。

同时我们再看看占我们民族十分之八九的农民阶级。他们生活的简单，脑筋的简单，感情的简单，意识的疏浅，文化的定住，几于使他们形成一种仅仅有生物作用的人类。他们的肌肉是发达的，他们是能工作的，但因为教育的不普及，他们智力的活动简直的没有机会，结果按照生物学的公例，因无用而退化，他们的脑筋简直不行的了。

乡下的孩子当然比城市的孩子不灵，粗人的子弟当然比不上书香人的子弟，这是一定的。但我们现在为救这文化的性命，非得赶快就有健全的活力来补充我们受足了过度文明的毒的读书阶级不可。也有人说这读书阶级是不可救药的了，希望如其有，是在我们民族里还未经开化的农民阶级。我的意思是我们应得利用这部分未开凿的精力来补充我们开凿过分的士民阶级。讲到实施，第一得先打破这无形的阶级界限以及省分界限。通婚和婚是必要的，比较的说，广东、湖南乃至北方人比江浙人健全得多，乡下人比城里人健全得多，所以江浙人和北方人非得尽量的通婚，城市人非得与农人尽量的通婚不可。但是这话说着容易，实际上是极困难的。讲到结婚，谁愿意放弃自身的艳福，为的是渺茫的民族的前途上，那一个翩翩的少年甘心放着窈窕风流的江南女郎不要，而去乡村找粗蠢的大姑娘作配，谁肯不就近结识血统逼近的姨妹表妹乃至于同学妹，而肯远去异乡到口音不相通的外省人中间去寻配偶？这是难的，我知道。但希望并不见完全没有——这希望完全是在教育上。第一我们得赶快认清这时代病无非是一种本原病，什么混乱的变态的现象，都无非显示生命的缺乏。这种种病，又都就是直接克伐生命的，所以我们为要文化与思想的健全，不能不想方法开通路子，使这几洼孤立的呆定的死水重复得到天然泉水的接济，重复灵活起来，一切的障碍与淤塞自然会得消灭——思想非得直接从生命的本体里热烈的迸裂出来才有力量，才是力量。这过度文明的人种非得带它回到生命的本源上去不可，它非得重新生过根不可。按着这个目标，我们在教育上就不能不极力推广教育的机会到健全的农民阶级里去，同时奖励阶级间的通婚。假如国家的力量可以干涉到个人婚姻的话，我们尽可以用强迫的方法叫你们这些翩翩的少年都去娶乡下大姑娘子，而同时把我们窈窕风流的女郎去嫁给农民做媳妇。况且谁知道，我们现在择偶的标准本身就是不健全的。女人要嫁给金钱，奢侈，虚荣，女性的男子；男人的口味也是同样的不妥当。什么都是不健全的，喔，这毒气充塞的文明社会！在我们理想实现的那一天，我们这文化如其有救的话，将来的青年男女一定可以兼有士民与农民的特长，体力与智力得到均平的发展，从这类健全的生命树上，我们可以盼望吃得着美丽鲜甜的思想的果子！

至于我们个人方面，我也有一部分的意见，只是今天时光局促了怕没有机会发挥，但总结一句话，我们要认清我们是什么病，这病毒是在我们一个个你我的身体上，血液里，无容讳言的，只要我们不认错了病多少总有办法。我的意见是要多多接近自然，因为自然是健全的纯正的影响，这里面有无穷尽性灵的滋养与启发与灵感。这完全靠我们各个自觉的修养。我们先得要立志不做时代和时光的奴隶，我们要做我们思想和生命的主人，这暂时的沉闷决不能压倒我们的理想，我们正应得感谢这深刻的沉闷，因为在这里，我们才感悟着一些自度的消息，如我方才说的，我们还是得努力，我们还是得坚持，我们的态度是积极的。正如我两年前《落叶》的结束是喊一声 Everlasting Yea，我今天还是要你们跟着我来喊一声 Everlasting Yea！

第三章　正视我的有限

因为人生有限，
我们若能夜夜有这样清楚的梦，
则过了一日，足抵两日，
过了五十岁，足抵一百岁；
如此便宜的事，真是落得的。
至于梦中的"苦乐"，
则照我素人的见解，
毕竟是"梦中的"苦乐，
不必斤斤计较的。

时间即生命

梁实秋

最令人怵目惊心的一件事,是看着钟表上的秒针一下一下地移动,每移动一下就是表示我们的寿命已经缩短了一部分。再看看墙上挂着的可以一张张撕下的日历,每天撕下一张就是表示我们的寿命又缩短了一天。因为时间即生命。没有人不爱惜他的生命,但很少人珍视他的时间。如果想在有生之年做一点什么事,学一点什么学问,充实自己,帮助别人,使生命成为有意义,不虚此生,那么就不可浪费光阴。这道理人人都懂,可是很少人真能积极不懈地善于利用他的时间。

我自己就是浪费了很多时间的一个人。我不打麻将;我不经常地听戏看电影,几年中难得一次;我不长时间看电视,通常只看半个小时;我也不串门子闲聊天。有人问我:"那么你大部分时间都做了些什么呢?"我痛自反省,我发现,除了职务上的必须及人情上所不能免的活动之外,我的时间大部分都浪费了。我应该集中精力,读我所未读过的书，我应该利用所有时间，写我所要写的东西，但是我没能这样做。我的好多的时间都糊里糊涂地混过去了，"少壮不努力，老大徒伤悲。"例如我翻译莎士比亚，本来计划于课余之暇每年翻译两部，二十年即可完成，但是我用了三十年，主要的原因是懒。翻译之所以完成，主要的是因为活得相当长久，十分惊险。翻译完成之后，虽然仍有工作计划，但体力渐衰，有力不从心之感。假使年轻的时候鞭策自己，如今当有较好或较多的表现。然而悔之晚矣。

再例如，作为一个中国人，经书不可不读。我年过三十才知道读书自修的重要。我披阅，我圈点，但是恒心不足，时作时辍。五十以学易，可以无大过矣，我如今年过八十，还没有接触过《易经》，说来惭愧。史书也很重要。我出国留学的时候，我父亲买了一套同文石印的前四史，塞满了我的行箧的一半空间，我在外国混了几年之后又把前四史原封带回来了。直到四十年后才鼓起勇气读了《通鉴》一遍。现在我要读的书太多，深感时间有限。

无论做什么事，健康的身体是基本条件。我在学校读书的时候，有所谓"强迫运动"，我踢破过几双球鞋，打断过几只球拍。因此侥幸维持下来最低限度的体力。老来打过几年太极拳，目前则以散步活动筋骨而已。寄语年轻朋友，千万要持之以恒地从事运动，这不是嬉戏，不是浪费时间。健康的身体是做人做事的真正的本钱。

想 飞

徐志摩

假如这时候窗子外有雪——街上，城墙上，屋脊上，都是雪，胡同口一家屋檐下偎着一个戴黑兜帽的巡警，半拢着睡眼，看棉团似的雪花在半空中跳着玩……假如这夜是一个深极了的啊，不是壁上挂钟的时针指示给我们看的深夜，这深就比是一个山洞的深，一个往下钻螺旋形的山洞的深……

假如我能有这样一个深夜，它那无底的阴森捻起我遍体的毫管；再能有窗子外不住往下筛的雪，筛淡了远近间飚动的市谣，筛泯了在泥道上挣扎的车轮，筛灭了脑壳中不妥协的潜流……

我要那深，我要那静。那在树荫浓密处躲着的夜鹰，轻易不敢在天光还在照亮时出来睁眼。思想：它也得等。

青天里有一点子黑的。正冲着太阳耀眼，望不真，你把手遮着眼，对着那两株树缝里瞧，黑的，有榧子来大，不，有桃子来大——嘿，又移着往西了！

我们吃了中饭出来到海边去。(这是英国康槐尔极南的一角,三面是大西洋。)勗丽丽的叫响从我们的脚底下匀匀的往上颤,齐着腰,到了肩高,过了头顶,高入了云,高出了云。啊,你能不能把一种急震的乐音想象成一阵光明的细雨,从蓝天里冲着这平铺着青绿的地面不住的下?不,那雨点都是跳舞的小脚,安琪儿的。云雀们也吃过了饭,离开了它们卑微的地巢飞往高处做工去。上帝给它们的工作,替上帝做的工作。瞧着,这儿一只,那边又起了两!一起就冲着天顶飞,小翅膀活动得多快活,圆圆的,不踌躇的飞,——它们就认识青天。一起就开口唱,小嗓子动活的多快活,一颗颗小精圆珠子直往外唾,亮亮的唾,脆脆的唾,——它们赞美的是青天。瞧着,这飞得多高,有豆子大,有芝麻大,黑刺刺的一屑,直顶着无底的天顶细细地摇,——这全看不见了,影子都没了!但这光明的细雨还是不住地下着……

飞。"其翼若垂天之云……背负苍天,而莫之夭阏者";那不容易见着。我们镇上东关厢外有一座黄泥山,山顶上有一座七层的塔,塔尖顶着天。塔院里常常打钟,钟声响动时,那在太阳西晒的时候多,一枝艳艳的大红花贴在西山的鬓边回照着塔山上的云彩,——钟声响动时,绕着塔顶尖,摩着塔顶天,穿着塔顶云,有一只两只,有时三只四只有时五只六只蜷着爪往地面瞧的"饿老鹰",撑开了它们灰苍苍的大翅膀没挂恋似的在盘旋,在半空中浮着,在晚风中泅着,仿佛是按着塔院钟的波荡来练习圆舞似的。那是我做孩子时的"大鹏"。有时好天抬头不见一瓣云的时候听着貌忧忧的叫响,我们就知道那是宝塔上的饿老鹰寻食吃来了,这一想象半天里秃顶圆睛的英雄，我们背上的小翅膀骨上就仿佛豁出了一锉锉铁刷似的羽毛，摇起来呼呼响的，只一摆就冲出了书房门，钻入了玳瑁镶边的白云里玩儿去，谁耐烦站在先生书桌前晃着身子背早上上的多难背的书！啊，飞！不是那在树枝上矮矮的跳着的麻雀儿的飞；不是那凑天黑从堂匾后背冲出来赶蚊子吃的蝙蝠的飞；也不是那软尾巴软嗓子做窠在堂檐上的燕子的飞。要飞就得满天飞，风拦不住云挡不住的飞，一翅膀就跳过一座山头，影子下来遮得阴二十亩稻田的飞，到天晚飞倦了就来绕着那塔顶尖顺着风向打圆圈做梦……听说饿老鹰会抓小鸡！

飞。人们原来都是会飞的。天使们有翅膀，会飞，我们初来时也有翅膀，会飞。我们最初来就是飞了来的，有的做完了事还是飞了去，他们是可羡慕的。但大多数人是忘了飞的，有的翅膀上掉了毛不长再也飞不起来，有的翅膀叫胶水给胶住了再也拉不开，有的羽毛叫人给修短了像鸽子似的只会在地上跳，有的拿背上一对翅膀上当铺去典钱使过了期再也赎不回……真的，我们一过了做孩子的日子就掉了飞的本领。但没了翅膀或是翅膀坏了不能用是一件可怕的事。因为你再也飞不回去，你蹲在地上呆望着飞不上去的天，看旁人有福气的一程一程地在青云里逍遥，那多可怜。而且翅膀又不比是你脚上的鞋，穿烂了可以再问妈要一双去，翅膀可不成，折了一根毛就是一根，没法给补的。还有，单顾着你翅膀也还不定规到时候能飞，你这身子要是不谨慎养太肥了，翅膀力量小再也拖不起，也是一样难不是？一对小翅膀驮不起一个胖肚子，那情形多可笑！到时候你听人家高声的招呼说，朋友，回去吧，趁这天还有紫色的光，你听他们的翅膀在半空中沙沙的摇响，朵朵的春云跳过来拥着他们的肩背，望着最光明的来处翩翩的，冉冉的，轻烟似的化出了你的视域，像云雀似的只留下一泻光明的骤雨——"Thou art unseen, but yet I hear thy shrill delight"[①]——那你，独自在泥涂里淹着，够多难受，够多懊恼，够多寒伧! 趁早留神你的翅膀，朋友。

是人没有不想飞的。老是在这地面上爬着够多厌烦，不说别的。飞出这圈子，飞出这圈子! 到云端里去，到云端里去! 哪个心里不成天千百遍的这么想? 飞上天空去浮着，看地球这弹丸在太空里滚着，从陆地看到海，从海再看回陆地。凌空去看一个明白——这才是做人的趣味，做人的权威，做人的交代。这皮囊要是太重挪不动，就掷了它，可能的话，飞出这圈子，飞出这圈子!

人类初发明用石器的时候，已经想长翅膀。想飞。原人洞壁上画的四不像，它的背上捎着翅膀；拿着弓箭赶野兽的，他那肩背上也给安了翅膀。小爱神是有一对粉嫩的肉翅的。挨开拉斯[②]（Icarus）是人类飞行史里第一个英雄，第一次牺牲。安琪儿（那是理想化的人）第一个标记是帮助他们飞行的翅膀。那也有沿革——你看西洋画上的表现。最初像是一对小精致的令旗，蝴蝶似的粘在安琪儿们的背上，像真的，不灵动的。渐渐的翅膀长大了，地位安准了，毛羽丰满了。画图上的天使们长上了真的可能的翅膀。人类初次实现了翅膀的观念，彻悟了飞行的意义。挨开拉斯闪不死的灵魂，回来投生又投生。

[①] 大意是"你无影无踪，但我仍听见你的尖声欢叫"。
[②] 挨开拉斯，现通译伊卡罗斯，古希腊传说中能工巧匠代达洛斯（Daedalus）的儿子。他们父子用蜂蜡粘贴羽毛做成双翼，腾空飞行。由于伊卡罗斯飞得太高，太阳把蜂蜡晒化，使他坠海而死。

人类最大的使命，是制造翅膀；最大的成功是飞！理想的极度，想象的止境，从人到神！诗是翅膀上出世的；哲理是在空中盘旋的。飞：超脱一切，笼盖一切，扫荡一切，吞吐一切。

你上那边山峰顶上试去，要是度不到这边山峰上，你就得到这万丈的深渊里去找你的葬身地！"这人形的鸟会有一天试他第一次的飞行，给这世界惊骇，使所有的著作赞美，给他所从来的栖息处永久的光荣。"啊达文謇！

但是飞？自从挨开拉斯以来，人类的工作是制造翅膀，还是束缚翅膀？这翅膀，承上了文明的重量，还能飞吗？都是飞了来的，还都能飞了回去吗？钳住了，烙住了，压住了，——这人形的鸟会有试他第一次飞行的一天吗？……

同时天上那一点子黑的已经迫近在我的头顶，形成了一架鸟形的机器，忽的机沿一侧，一球光直往下注，硼的一声炸响，——炸碎了我在飞行中的幻想，青天里平添了几堆破碎的浮云。

自 剖

徐志摩

我是个好动的人：每回我身体行动的时候，我的思想也仿佛就跟着跳荡。我做的诗，不论它们是怎样的"无聊"，有不少是在行旅期中想起的。我爱动，爱看动的事物，爱活泼的人，爱水，爱空中的飞鸟，爱车窗外掣过的田野山水。星光的闪动，草叶上露珠的颤动，花须在微风中的摇动，雷雨时云空的变动，大海中波涛的汹涌，都是在在触动我感兴的情景。是动，不论是什么性质，就是我的兴趣，我的灵感。是动就会催快我的呼吸，加添我的生命。

近来却大大的变样了。第一我自身的肢体，已不如原先灵活；我的心也同样的感受了不知是年岁还是什么的拘挛。动的现象再不能给我欢喜，给我启示。先前我看着在阳光中闪烁的金波，就仿佛看见了神仙宫阙——什么荒诞美丽的幻觉，不在我的脑中一闪闪的掠过；现在不同了，阳光只是阳光，流波只是流波，任凭景色怎样的灿烂，再也照不化我的呆木的心灵。我的思想，如其偶尔有，也只似岩石上的藤萝，贴着枯干的粗糙的石面，极困难的铤着；颜色是苍黑的，姿态是倔强的。

我自己也不懂得何以这变迁来得这样的兀突，这样的深彻。原先我在人前自觉竟是一注的流泉，在在有飞沫，在在有闪光；现在这泉眼，如其还在，仿佛是叫一块石板不留余隙的给镇住了。我再没有先前那样蓬勃的情趣，每回我想说话的时候，就觉着那石块的重压，怎么也掀不动，怎么也推不开，结果只能自安沉默！"你再不用想什么了，你再没有什么可想的了"；"你再不用开口了，你再没有什么话可说的了"，我常觉得我沉闷的心府里有这样半嘲讽半吊唁的谆嘱。

说来我思想上或经验上也并不曾经受什么过分剧烈的戟刺。我处境是向来顺的，现在如其有不同，只是更顺了的。那么为什么这变迁？远的不说，就比如我年前到欧洲去时的心境：啊！我那时还不是一只初长毛角的野鹿？什么颜色不激动我的视觉，什么香味不奋兴我的嗅觉？我记得我在意大利写游记的时候，情绪是何等的活泼，兴趣何等的醇厚，一路来眼见耳听心感的种种，那一样不活栩栩的丛集在我的笔端，争求充分的表现！如今呢？我这次到南方去，来回也有一个多月的光景，这期内眼见耳听心感的事物也该有不少。我未动身前，又何尝不自喜此去又可以有机会饱餐西湖的风色，邓尉的梅香——单提一两件最合我脾胃的事。有好多朋友也曾期望我在这闲暇的假期中采集一点江南风趣，归来时，至少也该带回一两篇爽口的诗文，给在北京泥土的空气中活命的朋友们一些清醒的消遣。但在事实上不但在南中时我白瞪着大眼，看天亮换天昏，又闭上了眼，拼天昏换天亮，一枝秃笔跟着我涉海去，又跟着我涉海回来，正如岩洞里的一根石笋，压根儿就没一点摇动的消息；就在我回京后这十来天，任凭朋友们怎样的催促，自己良心怎样的责备，我的笔尖上还是滴不出一点墨沈来。我也曾勉强想想，勉强想写，但到底还是白费！可怕是这心灵骤然的呆顿。完全死了不成？我自己在疑惑。

说来是时局也许有关系。我到京几天就逢着空前的血案。五卅事件发生时我正在意大利山中，采茉莉花编花篮儿玩，翡冷翠①山中只见明星与流萤的交唤，花香与山色的温存，俗氛是吹不到的。直到七月间到了伦敦，我才理会国内风光的惨淡，等得我赶回来时，设想中的激昂，又早变成了明日黄花，看得见的痕迹只有满城黄墙上墨彩斑斓的"泣告"。

这回却不同。屠杀的事实不仅是在我住的城子里发见，我有时竟觉得是我自己的灵府里的一个惨象。杀死的不仅是青年们的生命，我自己的思想也仿佛遭着了致命的打击，比是国务院前的断胫残肢，再也不能回复生动与连贯。但这深刻的难受在我是无名的，是不能完全解释的。这回事变的奇惨性引起愤慨与悲切是一件事，但同时我们也知道在这根本起变态作用的社会里，什么怪诞的情形都是可能的。屠杀无辜，还不是年来最平常的现象。自从内战纠结以来，在受战祸的区域内，那一处村落不曾分到过遭奸污的女性，屠残的骨肉，供牺牲的生命财产？这无非是给冤氛团结的地面上多添一团更集中更鲜艳的怨毒。再说哪一个民族的解放史能不浓浓的染着 Martyrs② 的腔血？俄国革命的开幕就是二十年前冬宫的血景。只要我们有识力认定，有胆

---

① 翡冷翠，通译佛罗伦萨。
② Martyrs，殉难者、烈士，加 s 为复数。

量实行，我们理想中的革命，这回羔羊的血就不会是白涂的。所以我个人的沉闷决不完全是这回惨案引起的感情作用。

　　爱和平是我的生性。在怨毒，猜忌，残杀的空气中，我的神经每每感受一种不可名状的压迫。记得前年奉直战争时我过的那日子简直是一团黑漆，每晚更深时，独自抱着脑壳伏在书桌上受罪，仿佛整个时代的沉闷盖在我的头顶——直到写下了《毒药》那几首不成形的咒诅诗以后，我心头的紧张才渐渐的缓和下去。这回又有同样的情形；只觉着烦，只觉着闷，感想来时只是破碎，笔头只是笨滞。结果身体也不舒畅，像是蜡油涂抹住了全身毛窍似的难过，一天过去了又是一天，我这里又在重演更深独坐箍紧脑壳的姿势，窗外皎洁的月光，分明是在嘲讽我内心的枯窘！

　　不，我还得往更深处挖。我不能叫这时局来替我思想骤然的呆顿负责，我得往我自己生活的底里找去。

　　平常有几种原因可以影响我们的心灵活动。实际生活的牵掣可以劫去我们心灵所需要的闲暇，积成一种压迫。在某种热烈的想望不曾得满足时，我们感觉精神上的烦闷与焦躁，失望更是颠覆内心平衡的一个大原因；较剧烈的种类可以麻痹我们的灵智，淹没我们的理性。但这些都合不上我的病源；因为我在实际生活里已经得到十分的幸运，我的潜在意识里，我敢说不该有什么压着的欲望在作怪。

　　但是在实际上反过来看，另有一种情形可以阻塞或是减少你心灵的活动。我们知道舒服，健康，幸福，是人生的目标，我们因此推想我们痛苦的起点是在望见那些目标而得不到的时候。我们常听人说"假如我像某人那样生活无忧我一定可以好好的做事，不比现在整天的精神全化在琐碎的烦恼上。"我们又听说"我不能做事就为身体太坏，若是精神来得，那就……"我们又常常设想幸福的境界，我们想："只要有一个意中人在跟前那我一定奋发，什么事做不到？"但是不，在事实上，舒服，健康，幸福，不但不一定是帮助或奖励心灵生活的条件，它们有时正得相反的效果。我们看不起有钱人，在社会上得意人，肌肉过分发展的运动家，也正在此；至于年少人幻想中的美满幸福，我敢说等得当真有了红袖添香，你的书也就读不出所以然来，且不说什么在学问上或艺术上更认真的工作。

那末生活的满足是我的病源吗？

"在先前的日子"，一个真知我的朋友，就说："正为是你生活不得平衡，正为你有欲望不得满足，你的压在内里的 Libido[①] 就形成一种升华的现象，结果你就借文学来发泄你生理上的郁结（你不常说你从事文学是一件不预期的事吗？）；这情形又容易在你的意识里形成一种虚幻的希望，因为你的写作得到一部分赞许，你就自以为确有相当创作的天赋以及独立思想的能力。但你只是自冤自，实在你并没有什么超人一等的天赋，你的设想多半是虚荣，你的以前的成绩只是升华的结果。所以现在等得你生活换了样，感情上有了安顿，你就发见你向来写作的来源顿呈萎缩甚至枯竭的现象；而你又不愿意承认这情形的实在，妄想到你身子以外去找你思想枯窘的原因，所以你就不由的感到深刻的烦闷。你只是对你自己生气，不甘心承认你自己的本相。不，你原来并没有三头六臂的！

---

① Libido，里比多，心理学名词。

"你对文艺并没有真兴趣，对学问并没有真热心。你本来没有什么更高的志愿，除了相当合理的生活，你只配安分做一个平常人，享你命里注定的'幸福'；在事业界，在文艺创作界，在学问界内，全没有你的位置，你真的没有那能耐。不信你只要自问在你心里的心里有没有那无形的'推力'，整天整夜的恼着你，逼着你，督着你，放开实际生活的全部，单望着不可捉摸的创作境界里去冒险？是的，顶明显的关键就是那无形的推力或是冲动（The Impulse），没有它人类就没有科学，没有文学，没有艺术，没有一切超越功利实用性质的创作。你知道在国外（国内当然也有，许没那样多）有多少人被这无形的推力驱使着，在实际生活上变成一种离魂病性质的变态动物，不但人间所有的虚荣永远沾不上他们的思想，就连维持生命的睡眠饮食，在他们都失了重要，他们全部的心力只是在他们那无形的推力所指示的特殊方向上集中应用。怪不得有人说天才是疯癫；我们在巴黎、伦敦不就到处碰得着这类怪人？如其他是一个美术家，恼着他的就只怎样可以完全表现他那理想中的形体；一个线条的准确，某种色彩的调谐，在他会得比他生身父母的生死与国家的存亡更重要，更迫切，更要求注意。我们知道专门学者有终身掘坟墓的，研究蚊虫生理的，观察亿万万里外一个星的动定的。并且他们决不问社会对于他们的劳力有否任何的认识，那就是虚荣的进路；他们是被一点无形的推力的魔鬼蛊定了的。

"这是关于文艺创作的话。你自问有没有这种情形。你也许经验过什么'灵感'，那也许有，但你却不要把刹那误认作永久的，虚幻认作真实。至于说思想与真实学问的话，那也得背后有一种推力，方向许不同，性质还是不变。做学问你得有原动的好奇心，得有天然热情的态度去做求知识的工夫。真思想家的准备，除了特强的理智，还得有一种原动的信仰；信仰或寻求信仰，是一切思想的出发点：极端的怀疑派思想也只是期望重新位置信仰的一种努力。从古来没有一个思想家不是宗教性的。在他们，各按各的倾向，一切人生的和理智的问题是实在有的；神的有无，善与恶，本体问题，认识问题，意志自由问题，在他们看来都是含逼迫性的现象，要求合理的解答——比山岭的崇高，水的流动，爱的甜蜜更真，更实在，更耸动。他们的一点心灵，就永远在他们设想的一种或多种问题的周围飞舞，旋绕，正如灯蛾之于火焰：牺牲自身来贯彻火焰中心的秘密，是他们共有的决心。

"这种惨烈的情形，你怕也没有吧？我不说你的心幕上就没有思想的影子；但它们怕只是虚影，像水面上的云影，云过影子就跟着消散，不是石上的溜痕越日久越深刻。

"这样说下来，你倒可以安心了！因为个人最大的悲剧是设想一个虚无的境界来谎骗你自己；骗不到底的时候你就得忍受'幻灭'的莫大的苦痛。与其那样，还不如及早认清自己的深浅，不要把不必要的负担，放上支撑不住的肩背，压坏你自己，还难免旁人的笑话！朋友，不要迷了，定下心来享你现成的福分吧；思想不是你的分，文艺创作不是你的分，独立的事业更不是你的分！天生扛了重担来的那也没法想。（哪一个天才不是活受罪！）你是原来轻松的，这是多可羡慕，多可贺喜的一个发见！算了吧，朋友！"

差不多先生传

胡 适

你知道中国最有名的人是谁?

提起此人,人人皆晓,处处闻名。他姓差,名不多,是各省各县各村人氏。你一定见过他,一定听过别人谈起他。差不多先生的名字天天挂在大家的口头,因为他是中国全国人的代表。

差不多先生的相貌和你和我都差不多。他有一双眼睛,但看的不很清楚;有两只耳朵,但听的不很分明;有鼻子和嘴,但他对于气味和口味都不很讲究。他的脑子也不小,但他的记性却不很精明,他的思想也不很细密。

他常常说:"凡事只要差不多,就好了。何必太精明呢?"

他小的时候,他妈叫他去买红糖,他买了白糖回来。他妈骂他,他摇摇头说:"红糖白糖不是差不多吗?"

他在学堂的时候,先生问他:"直隶省的西边是哪一省?"他说是陕西。先生说:"错了。是山西,不是陕西。"他说:"陕西同山西,不是差不多吗?"

后来他在一个钱铺里做伙计；他也会写，也会算，只是总不会精细。十字常常写成千字，千字常常写成十字。掌柜的生气了，常常骂他。他只是笑嘻嘻地赔小心道："千字比十字只多一小撇，不是差不多吗？"

有一天，他为了一件要紧的事，要搭火车到上海去。他从从容容地走到火车站，迟了两分钟，火车已开走了。他白瞪着眼，望着远远的火车上的煤烟，摇摇头道："只好明天再走了，今天走同明天走，也还差不多。可是火车公司未免太认真了。八点三十分开，同八点三十二分开，不是差不多吗？"他一面说，一面慢慢地走回家，心里总不明白为什么火车不肯等他两分钟。

有一天，他忽然得了急病，赶快叫家人去请东街的汪医生。那家人急急忙忙地跑去，一时寻不着东街的汪大夫，却把西街牛医王大夫请来了。差不多先生病在床上，知道寻错了人；但病急了，身上痛苦，心里焦急，等不得了，心里想道："好在王大夫同汪大夫也差不多，让他试试看吧。"于是这位牛医王大夫走近床前，用医牛的法子给差不多先生治病。不上一点钟，差不多先生就一命呜呼了。

差不多先生差不多要死的时候，一口气断断续续地说道："活人同死人也差……差……差不多，……凡事只要……差……差……不多……就……好了，……何……何……必……太……太认真呢？"他说了这句格言，方才绝气了。

他死后，大家都很称赞差不多先生样样事情看得破，想得通；大家都说他一生不肯认真，不肯算账，不肯计较，真是一位有德行的人。于是大家给他取个死后的法号，叫他做圆通大师。

他的名誉越传越远，越久越大。无数无数的人都学他的榜样。于是人人都成了一个差不多先生。——然而中国从此就成为一个懒人国了。

一个问题

胡　适

我到北京不到两个月。这一天我在中央公园里吃冰，几位同来的朋友先散了；我独自坐着，翻开几张报纸看看，只见满纸都是讨伐西南和召集新国会的话。我懒得看那些疯话，丢开报纸，抬起头来，看见前面来了一男一女，男的抱着一个小孩子，女的手里牵着一个三四岁的孩子。我觉得那男的好生面善，仔细打量他，见他穿一件很旧的官纱长衫，面上很有老态，背脊微有点弯，因为抱着孩子，更显出曲背的样子。他看见我，也仔细打量。我不敢招呼，他们就过去了。走过去几步，他把小孩子交给那女的，他重又回来，问我道，"你不是小山吗？"我说，"正是。你不是朱子平吗？我几乎不敢认你了！"他说，"我是子平，我们八九年不见，你还是壮年，我竟成了老人了，怪不得你不敢招呼我。"

我招呼他坐下，他不肯坐，说他一家人都在后面坐久了，要回去预备晚饭了。我说，"你现在是儿女满堂的福人了。怪不得要自称老人了。"他叹口气，说，"你看我狼狈到这个样子，还要取笑我？我上个月见着伯安仲实弟兄们,才知道你今年回国。你是学哲学的人,我有个问题要来请教你。我问过多少人,他们都说我有神经病,不大理会我。你把住址告诉我,我明天来看你。今天来不及谈了。"

我把住址告诉了他,他匆匆的赶上他的妻子,接过小孩子,一同出去了。

我望着他们出去,心里想道:朱子平当初在我们同学里面,要算一个很有豪气的人,怎么现在弄得这样潦倒?看他见了一个多年不见的老同学,一开口就有什么问题请教,怪不得人说他有神经病。但不知他因为潦倒了才有神经病呢?还是因为有了神经病所以潦倒呢?……

第二天一大早,他果然来了。他比我只大得一岁,今年三十岁。但是他头上已有许多白发了。外面人看来,他至少要比我大十几岁。

他还没有坐定,就说,"小山,我要请教你一个问题。"

我问他什么问题。他说,"我这几年以来,差不多没有一天不问自己道:人生在世,究竟是为什么的?我想了几年,越想越想不通。朋友之中也没有人能回答这个问题。起先他们给我一个'哲学家'的绰号,后来他们竟叫我做朱疯子了!小山,你是见多识广的人,请你告诉我,人生在世,究竟是为什么的?"

我说,"子平,这个问题是没有答案的。现在的人最怕的是有人问他这个问题。得意的人听着这个问题就要扫兴,不得意的人想着这个问题就要发狂。他们是聪明人,不愿意扫兴,更不愿意发狂,所以给你一个疯子的绰号,就算完了。——我要问你,你为什么想到这个问题上去呢?"

他说,"这话说来很长,只怕你不爱听。"

我说我最爱听。他吸了一口气,点着一根纸烟,慢慢的说。以下都是他的话。

我们离开高等学堂那一年,你到英国去了,我回到家乡,生了一场大病,足足的病了十八个月。病好了,便是辛亥革命,把我家在汉口的店业就光复掉了。家里生计渐渐困难,我不能不出来谋事。那时伯安石生一班老同学都在北京,我写信给他们,托他们寻点事做。后来他们写信给我,说从前高等学堂的老师陈老先生答应要我去教他的孙子。我到了北京,就住在陈家。陈老先生在大学堂教书,又担任女子师范的国文,一个月拿的钱很多,但是他的两个儿子都不成器,老头子气得很,发愤要教育他几个孙子成人。但是他一个人教两处书,哪有工夫教小孩子?你知道我同伯安都是他的得意学生,所以他叫我去,给我二十块钱一个月,住的房子,吃的饭,都是他的,总算他老先生的一番好意。

过了半年,他对我说,要替我做媒。说的是他一位同年的女儿,现在女子师范读书,快要毕业了。那女子我也见过一两次,人倒很朴素稳重。但是我一个月拿人家二十块钱,如何养得起家小?我把这个意思回复他,谢他的好意。老先生有点不高兴,当时也没说什么。过了几天,他请了伯安仲实弟兄到他家,要他们劝我就这门亲事。他说:"子平的家事,我是晓得的。他家三代单传,嗣续的事不能再缓了。二十多岁的少年,那里怕没有事做?还怕养不活老婆吗?我替他做媒的这头亲事是再好也没有的。女的今年就毕业,毕业后还可在本京蒙养院教书,我已经替她介绍好了。蒙养院的钱虽不多,也可以贴补一点家用。他再要怕不够时,我把女学堂的三十块钱让他去教。我老了,大学堂一处也够我忙了。你们看我这个媒人总可算是竭力报效了。"

伯安弟兄把这番话对我说,你想我如何能再推辞。我只好写信告诉家母。家母回信,也说了许多"三代单传,不孝有三,无后为大"的话。又说,"陈老师这番好意,你稍有人心,应该感激图报,岂可不识抬举?"

我看了信,晓得家母这几年因为我不肯娶亲,心里很不高兴,这一次不过是借题发点牢骚。我仔细一想,觉得做了中国人,老婆是不能不讨的,只好将就点罢。

我去找到伯安仲实,说我答应订定这头亲事,但是我现在没有积蓄,须过一两年再结婚。

他们去见老先生,老先生说,"女孩子今年二十三岁了,她父亲很想早点嫁了女儿,好替他小儿子娶媳妇。你们去对子平说,叫他等女的毕业了就结婚。仪节简单一点,不费什么钱。他要用木器家具,我这里有用不着的,他可以搬去用。我们再替他邀一个公份,也就可以够用了。"

他们来对我说,我没有话可驳回,只好答应了。过了三个月,我租了一所小屋,预备成亲。老先生果然送了一些破烂家具,我自己添置了一点。伯安石生一些人发起一个公份,送了我六十多块钱的贺仪,只够我替女家做了两套衣服,就完了。结婚的时候,我还借了好几十块钱,才勉强把婚事办了。

结婚的生活,你还不曾经过。我老实对你说,新婚的第一年,的确是很有乐趣的生活。我的内人，人极温和，她晓得我的艰苦，我们从不肯乱花一个钱。我们只用一个老妈，白天我上陈家教书，下午到女师范教书，她到蒙养院教书。晚上回家，我们自己做两样家乡小菜，吃了晚饭，闲谈一会，我改我的卷子，她陪我坐着做点针线。我有时做点文字卖给报馆，有时写到夜深才睡。她怕我身体过劳，每晚到了十二点钟，她把我的墨盒纸笔都收了去，吹灭了灯，不许我再写了。

小山，这种生活，确有一种乐趣。但是不到七八个月，我的内人就病了，呕吐得很利害。我们猜是喜信，请医生来看，医生说八成是有喜。我连忙写信回家，好叫家母欢喜。老人家果然欢喜得很，托人写信来说了许多孕妇保重身体的法子，还做了许多小孩的衣服小帽寄来。

产期将近了。她不能上课，请了一位同学代她。我添雇了一个老妈子，还要准备许多临产的需要品。好容易生下一个男孩子来。产后内人身体不好，乳水不够，不能不雇奶妈。一家平空减少了每月十几块钱的进账，倒添上了几口人吃饭拿工钱。家庭的担负就很不容易了。

过了几个月，内人身体复原了，依旧去上课，但是记挂着小孩子，觉得很不方便。看十几块钱的面上，只得忍着心肠做去。

不料陈老先生忽然得了中风的病，一起病就不能说话，不久就死了。他那两个宝贝儿子，把老头子的一点存款都瓜分了，还要赶回家去分田产，把我的三个小学生都带回去了。

我少了二十块钱的进款，正想寻事做，忽然女学堂的校长又换了人，第二年开学时，他不曾送聘书来，我托熟人去说，他说我的议论太偏僻了，不便在女学堂教书。我生了气，也不屑再去求他了。

伯安那时做众议院的议员，在国会里颇出点风头。我托他设法。他托陈老先生的朋友把我荐到大学堂去当一个事务员，一个月拿三十块钱。

我们只好自己刻苦一点，把奶妈和那添雇的老妈子辞了。每月只吃三四次肉，有人请我吃酒，我都辞了不去，因为吃了人的，不能不回请。戏园里是四年多不曾去过了。

但是无论我们怎样节省，总是不够用。过了一年又添了一个孩子。这回我的内人自己给他奶吃，不雇奶妈了。但是自己的乳水不够，我们用开成公司的豆腐浆代它，小孩子不肯吃，不到一岁就殇掉了。内人哭的什么似的。我想起孩子之死全系因为雇不起奶妈，内人又过于省俭，不肯吃点滋养的东西，所以乳水更不够。我看见内人伤心，我心里实在难过。

后来时局一年坏似一年，我的光景也一年更紧似一年。内人因为身体不好，辍课太多，蒙养院的当局颇说嫌话，内人也有点拗性，索性辞职出来。想找别的事做，一时竟寻不着。北京这个地方，你想寻一个三百五百的阔差使，反不费力。要是你想寻二三十块钱一个月的小事，那就比登天还难。到了中、交两行停止兑现的时候，我那每月三十块钱的票子更不够用了。票子的价值越缩下去，我的大孩子吃饭的本事越大起来。去年冬天，又生了一个女孩子，就是昨天你看见我抱着的。我托了伯安去见大学校长，请他加我的薪水，校长晓得我做事认真，加了我十块钱票子，共是四十块，打个七折，四七二十八，你替我算算，房租每月六块，伙食十五块，老妈工钱两块，已是二十三块钱了。剩下五块大钱，每天只派着一角六分大洋做零用钱。做衣服的钱都没有，不要说看报买书了。大学图书馆里虽然有书有报，但是我一天忙到晚，公事一完，又要赶回家来帮内人照应小孩子，哪里有工夫看书阅报？晚上我腾出一点工夫做点小说，想赚几个钱。我的内人向来不许我写过十二点钟的，于今也不来管我了。她晓得我们现在所处的境地，非寻两个外快钱不能过日子，所以只好由我写到两三点钟才睡。但是现在卖文的人多了，我又没有工夫看书，全靠绞脑子，挖心血，没有接济思想的来源，做的东西又都是百忙里偷闲潦草做的，哪里会有好东西？所以往往卖不起价钱，有时原稿退回，我又修改一点，寄给别家。前天好容易卖了一篇小说，拿着五块钱，所以昨天全家去逛中央公园，去年我们竟不曾去过。

我每天五点钟起来，——冬天六点半起来——午饭后靠着桌子偷睡半个钟头，一直忙到夜深半夜后。忙的是什么呢？我要吃饭，老婆要吃饭，还要喂小孩子吃饭——所忙的不过为了这一件事！

我每天上大学去，从大学回来，都是步行。这就是我的体操，不但可以省钱，还可给我一点用思想的时间，使我可以想小说的布局，可以想到人生的问题。有一天，我的内人的姊夫从南边来，我想请他上一回馆子，家里恰没有钱，我去问同事借，那几位同事也都是和我不相上下的穷鬼，那有钱借人？我空着手走回家，路上自思自想，忽然想到一个大问题，就是"人生在世，究竟是为什么的？"……我一头想，一头走，想入了迷，就站在北河沿一棵柳树下，望着水里的树影子，足足站了两个钟头。等到我醒过来走回家时，天已黑了，客人已走了半天了!

　　自从那一天到现在,几乎没有一天我不想到这个问题。有时候,我从睡梦里喊着"人生在世,究竟是为什么的?"

　　小山,你是学哲学的人。像我这样养老婆,喂小孩子,就算做了一世的人吗?……

孤独的生活

萧 红

蓝色的电灯,好像通夜也没有关,所以我醒来一次看看墙壁是发蓝的,再醒来一次,也是发蓝的。天明之前,我听到蚊虫在帐子外面嗡嗡嗡嗡地叫着,我想,我该起来了,蚊虫都吵得这样热闹了。

收拾了房间之后,想要作点什么事情。这点,日本与我们中国不同,街上虽然已经响着木屐的声音,但家屋仍和睡着一般的安静。我拿起笔来,想要写点什么,在未写之前必得要先想,可是这一想,就把所想的忘了!

为什么这样静呢?我反倒对着这安静不安起来。

于是出去,在街上走走,这街也不和我们中国的一样,也是太静了,也好像正在睡觉似的。

于是又回到了房间,我仍要想我所想的;在席子上面走着,吃一根香烟,喝一杯冷水,觉得已经差不多了,坐下来吧!写吧!

刚刚坐下来,太阳又照满了我的桌子。又把桌子换了位置,放在墙角去，墙角又没有风，所以满头流汗了。

再站起来走走，觉得所要写的，越想越不应该写，好，再另计划别的。

好像疲乏了似的，就在席子上面躺下来，偏偏帘子上有一个蜂子飞来，怕它刺着我，起来把它打跑了。刚一躺下，树上又有一个蝉开头叫起。蝉叫倒也不算奇怪，但只一个，听来那声音就特别大，我把头从窗子伸出去，想看看，到底是在哪一棵树上？可是邻人拍手的声音，比蝉声更大，他们在笑了。我是在看蝉，他们一定以为我是在看他们。

于是穿起衣裳来，去吃中饭。经过华的门前，她们不在家，两双拖鞋摆在木箱上面。她们的女房东，向我说了一些什么，我一个字也不懂，大概也就是说她们不在家的意思。日本食堂之类，自己不敢去，怕人看成个"阿墨林"。所以去的是中国饭馆，一进门，那个戴白帽子的就说："伊拉瞎伊麻丝……"

这我倒懂得，就是"来啦"的意思。既然坐下之后，他仍说的是日本话。于是我跑到厨房去，对厨子说：要吃什么，要吃什么。

回来又到华的门前看看，还没有回来，两双拖鞋仍摆在木箱上。她们的房东又不知向我说了些什么！

晚饭时候，我没有去找她们，出去买了东西回到家里来吃，照例买的面包和火腿。

吃了这些东西之后，着实是寂寞了。外面打着雷，天阴得混混沉沉的了。想要出去走走，又怕下雨，不然，又是比日里还要长的夜，又把我留在房间里了。终于拿了雨衣，走出去了，想要逛逛夜市，也怕下雨，还是去看华吧！一边带着失望一边向前走着，结果，她们仍是没有回来，仍是看到了两双拖鞋，仍是听到了那房东说了些我所不懂的话语。

假若，再有别的朋友或熟人，就是冒着雨，我也要去找他们，但实际是没有的。只好照着原路又走回来了。

现在是下着雨，桌子上面的书，除掉《水浒》之外，还有一本胡风译的《山灵》，《水浒》我连翻也不想翻，至于《山灵》，就是抱着我这一种心情来读，有意义的书也读坏了。

雨一停下来，穿着街灯的树叶好像萤火似的发光，过了一些时候，我再看树叶时，那就完全漆黑了。

雨又开始了，但我的周围仍是静的，关起了窗子，只听到屋瓦滴滴地响着。

我放下了帐子，打开蓝色的电灯，并不是准备睡觉，是准备看书了。

读完了《山灵》上《声》的那篇，雨不知道已经停了多久了？那已经哑了的权龙八，他对他自己的不幸，并不正面去惋惜，他正为着铲除这种不幸才来干这样的事情的。

已经哑了的丈夫，他的妻来接见他的时候，他只把手放在嘴唇前面摆来摆去，接着他的脸就红了，当他红脸的时候，我不晓得那是什么心情激动了他？还有，他在监房里读着速成《国语读本》的时候，他的伙伴都想要说："你话都不会说，还学日文干什么！"

在他读的时候，他只是听到像是蒸气从喉咙漏出来的一样。恐怖立刻浸着了他，他慌忙地按了监房里的报知机，等他把人喊了来，他又不说什么,只是在嘴的前面摇着手。所以看守骂他:"为什么什么也不说呢?混蛋!"

医生说他是"声带破裂",他才晓得自己一生也不会说话了。

我感到了蓝色灯光的不足,于是开了那只白灯泡,准备再把山灵读下去。我的四面虽然更静了,等到我把自己也忘掉了时,好像我的周围也动荡了起来。

天还未明,我又读了三篇。

行己有耻使于四方不辱君命论

李叔同

间尝审时度势，窃叹我中国以仁厚之朝，而出洋之臣，何竟独无一人，能体君心而善达君意者乎？推其故实由于行己不知耻也。《记》曰："哀莫大于心死。"心死者，诟之而不闻，曳之而不动，唾之而不怒，役之而不惭，刲之而不痛，糜之而不觉，则不知耻者，大抵皆心死者也。其行不甚卑乎！

然而我中国之大臣，其少也不读一书，不知一物，出穿窬之技，以作搭题，甘囚虏之容，以受搜捡。抱八股八韵，谓极宇宙之文。守高头讲章，谓穷天人之奥。是其在家时之行己，已忝然无耻也。即其仕也，不学军旅，而敢于掌兵。不谙会计，而敢于理财。不习法律，而敢于司李。瞽聋跛疾，老而不死，年逾耄颐，犹恋栈豆。接见西官，栗栗变色。听言若闻雷，睹颜若谈虎。其下焉者，饱食无事，趋衙听鼓，旅进旅退，濡濡若驱群豕，曾不为耻。

是其行己如是。故一旦衔君命，游四方，由中国而至于东洋焉。见有数火山，昼夜吐焰不息，则讶之。闻夫语言文字，则奇之。将曰：此邦之族，其性与人殊，遂去之不顾焉。其实彼未尝熟悉夫东洋之地利政治也，而反以此言相饰，不几为东洋人所窃笑乎？此所以辱君命者一也。

且由东洋而及于西洋焉，见有开矿产者，有习格致者，有图制作者，彼将曰，区区小道，吾儒不屑为也。其实彼则不识时务者也，而彼反以此言为得计。苟西人知之，不几视我中国君臣之底蕴乎？此所以辱君命者二也。

由兹二者推之，虽行徧四方，不反责诸己，徒轻视夫人，而犹曰，廷之献者，皆家之所修者也。吾不知家之所修者，即所以辱君命之事乎？是所令人深思焉，而莫解者矣，必也。臣当行己之际，必有所。然则所耻者何？亦耻己之所不能者耳。己之所不能者，莫如各国之时务。首考其地理，次问其风俗，继稽夫人心。又必详察夫天文，观其分野而知其地舆。今日者，人臣苟能于其所不能而耻者，而以为耻，则凡所耻者，将其理由是明，而其道由是知矣。苟使于四方，又何至遗强邻之讪笑，而辱于君命乎？

吾尝考之，汉苏武使匈奴，匈奴欲降之，武不从，置窖中六日，武啮雪得不死。又迁之北海，卒不屈。是其不辱使命，非其行止有耻故乎！《语》曰，四郊多垒，大夫之耻也。又曰，一物不知，儒者之耻。其斯之谓欤。要之，处可以为通儒，出即可以为良佐，辱命为辱君之渐，辱君即辱己之由。由是观之，则耻之所关亦甚大矣！虽羞恶之心，人皆有之。而何以今天下安于城下之辱，陵寝之蹂躏，宗社之震怒，边民之涂炭，而不思一雪，乃反讬虎穴以自庇。求为小朝廷，以乞旦夕之命，非明明无耻乎？朝睹烽燧，则苍黄瑟缩；夕闻和议，则歌舞太平。其人犹谓为有耻不得也。按行己犹言治己，有耻未可专指其志有所不为言，如孟子云，人不可以无耻之类是也。所以当日子贡问士，而夫子告之以此。其亦此意也夫。

雨后虹

徐志摩

我记得儿时在家塾中读书,最爱夏天的打阵。塾前是一个方形铺石的"天井",其中有不砌的金鱼潭,周围杂生花草,几个积水的大缸,几盆应时的鲜花,——这是我们的"大花园"。南边的夏天下午,蒸热得厉害,全靠傍晚一阵雷雨,来驱散暑气。黄昏时满天星出,凉风透院,我常常袒胸跣足和姊嫂兄弟婢仆杂坐在门口"风头里",随便谈笑,随便歌唱,算是绝大的快乐。但在白天不论天热得连气都转不过来,可怜的"读书官官"们,还是照常临帖习字,高喊着"黄鸟黄鸟""不亦说乎";虽则手里一把大蒲扇,不住地扇动,满须满腋的汗,依旧蒸炉似的透发,先生亦还是照常抽他的大烟,哼他的"清平乐府"。在这样烦溽的时候,对面四丈高白墙上的日影忽然隐息,清朗的天上忽然满布了乌云,花园里的水缸盆景,也沉静暗淡,仿佛等候什么重大的消息,书房里的光线也渐渐减淡,直到先生榻上那只烟灯,原来只像一磷鬼火,大放光明,满屋子里的书桌,墙上的字画，天花板上挂的方玻璃灯，都像变了形，怪可怕的。突然一股尖劲的凉风，穿透了重闷的空气，从窗外吹进房来，吹得我们毛骨悚然，满身腻烦的汗，几乎结冰，这感觉又痛快又难过；但我们那时的注意，却不在身体上，而在这凶兆所预告的大变，我们新学得的什么：洪水泛滥；混沌，天翻地覆；皇天震怒等等字句，立刻在我们小脑子的内库里跳了出来，益发引起孩子们只望烟头起的本性。我们在这阴迷的时刻，往往相顾悍然，热性放开，大噪狂读，身子也狂摇得连生机都礏格作响。

同时沉闷的雷声，已经在屋顶发作，再过几分钟，只听得庭心里石板上劈拍有声，仿佛马蹄在那里踢踏；重复停了；又是一小阵沥淅；如此作了几次阵势，临了紧接着坍天破地的一个或是几个霹雳——我们孩子早把耳朵堵住——扁豆大的雨块，就狠命狂倒下来，屋溜屋檐，屋顶，墙角里的碎碗破铁罐，一齐同情地反响；楼上婢仆争收晒件的慌张咒笑声；关窗声；间壁小孩的欢叫；雷声不住地震吼；天井里的鱼潭小缸，早已像煮沸的小壶，在那里狂流溢——我们很替可怜的金鱼们担忧；那几盆嫩好的鲜花，也不住地狂颤；阴沟也来不及收吸这汤汤的流水，石天井顷刻名副其实，水一直满出了尺半的阶沿，不好了！书房里的地平砖上都是水了！闪电像蛇似攒入室内连先生肮脏的坑床都照得铄亮；有时外面厅梁上住家的燕子，也进我们书房来避难，东扑西投，情形又可怜又可笑。

在这一团糟之中，我们孩子反应的心理，却并不简单。第一我们当然觉得好玩，这里品林嘭朗，那里也品林嘭朗，原来又炎热又乏味的下午忽然变得这样异常地闹热，小孩哪一个不欢迎。第二，天空一打阵，大家起劲看，起劲关窗户，起劲听，当然写字的搁笔，念书的闭口，连先生（我们想）有时也觉得好玩！然而我记得我个人亲切的心理反应，仿佛猪八戒听得师父被女儿国招了亲，急着要散伙的心理。我希望那样半混沌的情形继续，电光永闪着，雨永倒着，水永没上阶沿，漫入室内，因此我们读书写字的任务也永远止歇！孩子们怕拘束，最爱自由。爱整天玩，最恨坐定读书，最厌这牢狱一般的书房——犹之猪八戒一腔野心，其实不愿意跟着穷师父取穷经，整天只吃些穷斋。所以关入书房的孩子，没有一个心愿的，底里没有一个不想造反；就是思想没有连贯力，同时书房和牢房收敛野性的效力也逐渐增大，所以孩子们至多短期逃学，暗祝先生瘟病，很少敢昌言，从此不进书房的革命论。但暑天的打阵，却符合了我们潜伏的希冀。俄顷之间，天地变色，无怪这聚锢的叛儿，勉强修行的猪八戒，感觉到十二分的畅快，甚至盼望天从此再不要清明，雷雨再不要休止！

我生平最纯粹可贵的教育是得之于自然界，田野，森林，山谷，湖，草地，是我的课室；云彩的变幻，晚霞的绚烂，星月的隐现，田野的麦浪是我的功课；瀑吼，松涛，鸟语，雷声是我的老师，我的官觉是他们忠谨的学生，受教的弟子。

大部分生命的觉悟，只是耳目的觉悟；我整整过了二十多年含糊生活，疑视疑听疑嗅疑觉的一个生物！我记得我十三岁那年初次发现我的眼是近视，第一副眼镜配好的时候，天已昏黑，那时我在泥城桥附近和一个朋友走走路，我把眼镜试戴上去，仰头一望；异哉！好一个伟大蓝净不相熟的天，张着几千百只指光闪铄的神眼，一直穿过我眼镜眼睛直贯我灵府深处，我不禁大声叫道，好天，今天才规复我眼睛的权利!

但眼镜虽好,只能助你看,而不能使你看;你若然不愿意来看,来认识,来享乐你的自然界,你就带十副二十副托立克,克立托也是无效!

我到今日才再能大声叫道,好天,今日才知道使用我生命的权利!

我不抱歉"叫"得迟,我只怕配准了眼镜不知道"看"。

我方才记起小时在私塾里夏天打阵的往迹,我现在想记我二日前冒阵待虹的经验。

猫最好看的情形,是在春天下午它从地毡上午寐醒来,回头还想伸懒腰,出去游玩,猛然看见五步之内,站着一双傲慢不驯的野狗,她不禁大怒,把她二十利爪一起尽性放开,搯紧在毡上,把她的背无限地高控,像一个桥洞,尾巴旗杆似笔直竖起,满身的毛也满溢着她的义愤,她圆睁了她的黄睛,对准她的仇敌,从口鼻间哈出一声威吓。这是猫的怒,在旁边看她的人虽则很体谅它的发脾气,总觉得有趣可笑。我想我们站得远远地看人类的悲剧,有时也只觉得有趣可笑。我们在稳固的山楼上,看疾风暴雨,看牛羊牧童在雷震电飙中飞奔躲避,也只觉得有趣可笑。

笑,柏格森说,纯粹是智慧的,示深切的同情感兴,不能同时并存。所以我们需要领会悲剧或深的情感——不论是事实或表现在文字里的——的意义,最简捷的方法是将我们自身和经验的对象同化,开振我们的同情力来替他设身处地。你体会伟大情感的程度愈高,你了解人道的范围亦愈广。我们对待自然界我以为也是如此。我们爱寻常草原,不如我们爱高山大水,爱市河庸沼,不如流涧大瀑,爱白日广天，不如朝彩晚霞，爱细雨微风，不如疾雷迅雨。

简言之，我们也爱自然界情感奋切的际会，他所行动的情绪，当然也不是平常庸气。

所以我十数年前在私塾爱打阵，如今也还是爱打阵，不过这爱字意义不尽同就是。

有一天我正在房里看书，列兰（房东的小女孩，她每次见天象变迁总来报告我，我看见两个最富贵的落日，都是她的功劳）跑来说天快打阵了。我一看窗外果然完全矿灰色，一阵阵的灰在街心里卷起，路上的行人都急忙走着，天上已经叠好无数的雨饼，此等信号一动就下，我赶快穿了雨衣，外加我们的袍，戴上方帽，出门骑上自行车，飞快向我校门赶去。一路雨点已经雹块似抛下。河边满树开花的栗树，曼陀罗，紫丁香，一齐俯首毂觫，专待恣暴，但他们芬芳的呼吸，却彻浃重实的空气，似乎向孟浪的狂且，乞情求免。

我到校门的时候，满天几乎漆黑，雷声已动，门房迎着笑道"呀，你到得真巧，再过一分钟，你准让阵雨漫透！"我笑答道，"我正为要漫透来的！"

我一口气跑到河边，四围估量了一下，觉得还是桥上的地位最好，我就去靠在桥栏上老等，我头顶正是那株靠河最大的橘树，对面是棵柳树，从柳丝里望见先华亚学院的一角，和我们著名教堂的后背(King's Chapel)；雨树的中间，正对校友居（Fellow's Building）的大部，中隔着百码见方齐整匀净葱翠的草庭。这是在我的右边。从柳树的左手望见亭亭倩倩三环洞，先华亚桥，她的妙景，整整地印在平静的康河里，河左岸的牧场上，依旧有几匹马几条黄白花牛在那里吃草，啮齿有声，完全不理会天时的变迁，只晓得勤拂着马鬃牛尾，驱逐愈狠的马蝇牛虫。此时天色虽则阴沉可怕，然我眼前绝美的一幅图画——绝色的建筑庄严的寺角，绝色的绿草，绝色的河与桥，绝色的垂柳高桥——只是一片异常恬静，绝不露仓皇形色。草地上有三两只小雀，时常地跳跃；平常高唱好画者黑雀却都住了口，大约伏在窠里看光景，只远处偶然的鹰啼，散沙似从半天里撒下。

记得，桥上有我站着。

来了！雷雨都到了猖獗的程度，只听见自然界一体的喧哗；雷是鼓，雨落草地是沉溜的弦声，雨落水面是急珠走盘声，雨落柳上是疏郁的琴声，雨落桥栏是击草声。

西南角——牧场那一边我的左手，正对校友居——的云堆里，不时放射出电闪，穿过树林，仿佛好几条紧缠的金蛇，掠过光景，一直打到教堂的颜色玻璃和校友居的青藤白石和凹屈别致的窗坡上，像几条洞扁担，同时打一块磨石大的火石，金花日射，光景骇目。

雨怒注不休。云色虽稍开明，但四围都是雨激起的烟雾苍茫，克莱亚的一面几乎看不清楚。我仰庇掬老翁（指最大的橘树）的高荫，身上并不太湿，但桥上的水，却分成几道泥沟，急冲下来，我站在两条泥沟的中间，所以鞋也没有透水。同时我很高兴发现离我十几码一棵大榆树底下，也有两个人站着，但他们分明是避雨，不是像我来经验打阵。他们在那里划火抽烟，想等过这阵急霈。

那边牧场方才不管天时变迁尽吃的朋友，此时也躲在场中间两枝榆树底下，马低着头，牛昂着头，在那里抱怨或是崇拜老天的变怒。

雨已经下了十几分钟，益发大了。雷电都已经休止，天色也更清明了。但我所仰庇的掬老翁，再也不能荫庇我，他老人家自己的胡髭，也支不住淋漓起来，结果是我浑身增加好几斤重量。有时作恶的水一直灌进我的领子，直溜到背上，寒透肌骨；桥栏也全没了。我脚下的干土，也已经渐次灭迹，几条泥沟，已经进成一大股浑流，踊跃进行，我下体也增加了重量，连胫骨都湿了。到这个时候，初阵的新奇已经过去，满眼只是一体的雨色，满耳只是一体的雨声，满身只是一体的雨感觉，我独身——避雨那两位已逃入邻近的屋子里——在大雨里听淹，头上的方巾已成了湿巾，前后左右淋个不住，倒觉得无聊起来。

但我有希望，西天的云已经开解不少，露出夕阳的预兆，我想这雨一停一定有奇景出现——我于是立定主意和雨赌耐心。我向地上看，看无数的榆钱在急涡里乱转，还有几个不幸的虫蚁也葬身在这横流之中，我忽然想起道施滔奄夫斯基的一部小说里的一个设想，他说你若然发现你自己在沧海中一块仅仅容足的拳石上，浪涛像狮虎似向你身上扑来，你在这完全绝望的境地，你还想不想活命？我又想起康赖特的《大风》，人和自然原质的决斗。我又想像我在西伯利亚大雪地，穿着皮簑，手拿牧杖，站在一大群绵羊中间。我想战阵是冒险，恋爱是更大的冒险，死是最大的冒险。我想起耶稣，魔鬼，薇纳司，福贺司德；我想飞出这雨圈，去踏在雨云的背上，看他们工作。我想……半点钟已过，我心海里至少涌起了几万种幻想，但雨还是倒个不住。

又过了足足十分钟，雨势方才收敛。满林的鸟雀都出了家门，使劲的欢呼高唱；此时云彩很别致，东中北三路，还是满布着厚云，并且极低，似乎紧罩在教堂的H形尖阁上，但颜色已从乌黑转入青灰，西南隅的云已经开张了一只大口,从月牙形的云絮背后冲射出一海的明霞,仿佛菩萨背后的万道佛光,这精悍的烈焰,和方才初雨时的电闪一样,直照在教堂和校友居的上边,将一带白玻璃尽数打成纯粹的黄金,教堂颜色玻窗上的反射更为强烈,那些画中人物都像穿扮整齐,在金河里游泳跳舞。妙处尤在这些高宇的后背及顶头,只是一片深青,越显得西天云罅月漏的精神,彩焰奔腾的气象。

未雨之先,万象都只是静,现在雨一过,风又敛迹,天上虽在那里变化,地上还是一体地静;就是阵雨前的静,是空气空实的现象,是严肃的静,这静是大动大变的符号先声,是火山将炸裂前的静;阵雨后的静不同,空气里的浊质,已经彻底洗净,草青树绿经过了恐怖,重复清新自喜,益发笑容可掬,四围的水气雾意也完全灭迹,这静是清的静,是平静,和悦安舒的静。在这静里,流利的鸟语,益发调新韵切,宛似金匙击玉磬,清脆无比。我对此自然从大力里产出的美,从剧变里透出的和谐,从纷乱中转出的恬静,从暴怒中映出的微笑,从迅奋里结成的安闲,只觉得胸头塞满——喜悦惊讶,爱好,崇拜,感奋的情绪,满身神经都感受强烈痛快的震撼,两眼火热地蓄泪欲流,声音肢体头随身旁的飞禽歌舞;同时,我自顶至踵完全湿透浸透,方巾上还不住地滴水,假如有人见我,一定疑心我落水,但我那时绝对不觉得体外的冷,只觉得体内的高兴的热(我也没有受寒)。

我正注目看西方渐次扫荡满天云锢的太阳,偶然转过身来,不禁失声惊叫。原来从校友居的正中起直到河边的左岸,已经筑起一条鲜明五彩的虹桥!

给一位文学青年的公开状

郁达夫

今天的风沙实在太大了,中午吃饭之后,我因为还要去教书,所以没有许多工夫,和你谈天。我坐在车上,一路的向北走去,沙石飞进了我的眼睛。一直到午后四点钟止,我的眼睛四周的红圈,还没有褪尽。恐怕同学们见了要笑我,所以于上课堂之先,我从高窗口在日光大风里把一双眼睛曝晒了许多时。我今天上你那公寓里来看了你那一副样子,觉得什么话也说不出来。现在我想趁着这大家已经睡寂了的几点钟工夫,把我要说的话,写一点在纸上。

平素不认识的可怜的朋友,或是写信来,或是亲自上我这里来的,很多很多。我因为想报答两位也是我素不认识而对于我却有十二分的同情过的朋友的厚恩起见,总尽我的力量帮助他们。可是我的力量太薄弱了,可怜的朋友太多了,所以结果近来弄得我自家连一条棉裤也没有。这几天来天气变得很冷,我老想买一件外套,但终于没有买成。尤其是使我羞恼的,因为恰逢此刻,我和同学们所读的书里，正有一篇俄国郭哥儿著的嘲弄像我们一类人的小说《外套》。现在我的经济状态，比从前并没有什么宽裕，从数目上讲起来，反而比从前要少——因为现在我不能向家里去要钱化，每月的教书钱，额面上虽则有五十三加六十四合一百十七块，但实际上拿得到的只有三十三四块——而我的嗜好日深，每月光是烟酒的账，也要开销二十多块。我曾经立过几次对天的深誓，想把这一笔糜费节省下来，但愈是没有钱的时候，愈想喝酒吸烟。向你讲这一番苦话，并不是因为怕你要问我借钱，先事预防，我不过欲以我的身体来做一个证据，证明目下的中国社会的不合理，以大学校毕业的资格来糊口的你那种见解的错误罢了。

引诱你到北京来的，是一个国立大学毕业的头衔，你告诉我说，你的心里，总想在国立大学弄到毕业，毕业以后至少生计问题总可以解决。现在学校都已考完，你一个国立大学也进不去，接济你的资金的人，又因他自家的地位摇动，无钱寄你，你去投奔你同县而且带有亲属的大慈善家H，H又不纳，穷极无路，只好写封信给一个和你素不相识而你也明明知道是和你一样穷的我，在这时候这样的状态之下，你还要口口声声地说什么"大学教育"，"念书"，我真佩服你的坚忍不拔的雄心。不过佩服虽可佩服，但是你的思想的简单愚直，也却是一样的可惊可异。现在你已经是变成了中性——半去势的文人了，有许多事情，譬如说高尚一点的，去当土匪，卑微一点的，去拉洋车等事情，你已经是干不了的了，难道你还嫌不足，还要想穿几年长袍，做几篇白话诗，短篇小说，达到你的全去势的目的么？大学毕业，以后就可以有饭吃，你这一种定理，是哪一本书上翻来的？

像你这样一个白脸长身,一无依靠的文学青年,即使将面包和泪吃,勤勤恳恳的在大学窗下住它五六年,难道你拿毕业文凭的那一天,天上就忽而会下起珍珠白米的雨来的么?

现在不要说中国全国,就是在北京的一区里头,你且去站在十字街头,看见穿长袍黑马褂或哔叽旧洋服的人,你且试对他们行一个礼,问他们一个人要一个名片来看看,我恐怕你不上半天,就可以积起一大堆的什么学士,什么博士来,我若再行一个礼,问一问他们的职业,我恐怕他们都要红红脸说,"兄弟是在这里找事情的。"他们是什么?他们都是大学毕业生吓。你能和他们一样的有钱读书么?你能和他们一样的有钱买长袍黑马褂哔叽洋服么?即使你也和他们一样的有了读书买衣服的钱,你能保得住你毕业的时候,事情会来找你么?

大学毕业生坐汽车,吸大烟,一攫千金的人原是有的。然而他们都是为新上台的大佬经手减价卖职的人,都是大刀枪在后面援助的人,都是有几个什么长在他们父兄身上的人,再粗一点说,他们至少也都是爬乌龟钻狗洞的人,你要有他们那么的后援,或他们那么的乌龟本领,狗本领,那么你就是大学不毕业,何尝不可以吃饭?

我说了这半天,不过想把你的求学读书,大学毕业的迷梦打破而已。现在为你计,最上的上策,是去找一点事情干干。然而土匪你是当不了的,洋车你也拉不了的,报馆的校对,图书馆的拿书者,家庭教师,看护男,门房,旅馆火车菜馆的伙计,因为没有人可以介绍,你也是当不了的,——我当然是没有能力替你介绍,——所以最上的上策,于你是不成功的了。其次你就去革命去吧,去制造炸弹去吧!但是革命是不是同割枯草一样,用了你那裁纸的小刀,就可以革得成的呢？炸弹是不是可以用了你头发上的灰垢和半年不换的袜底里的腐泥来调合的呢？这些事情，你去问上帝去吧！我也不知道。

比较上可以做得到，并且也不失为中策的，我看还是弄几个旅费，回到湖南你的故土，去找出四五年你不曾见过的老母和你的小妹妹来，第一天相持对哭一天，第二天因为哭了伤心，可以在床上你的草窠里睡去一天，既可以休养，又可以省几粒米下来熬稀粥。第三天以后，你和你的母亲妹妹，若没有衣服穿，不妨三人紧紧地挤在一处，体热互助的结果，同冬天雪夜的群羊一样，倒可以使你的老母不至冻伤，若没有米吃，你在日中天暖一点的时候，不妨把年老的母亲交付给你妹妹的身体烘着，你自己可以上村前村后去掘一点草根树根来煮汤吃。草根树根里也有淀粉，我的祖母未死的时候，常把洪杨乱日，她老人家尝过的这滋味说给我听，我所以知道。现在我既没有余钱，可以赠你，就把这秘方相传，作个我们两位穷汉，在京华尘土里相遇的纪念吧！若说草根树根，也被你们的督军省长师长议员知事掘完，你无论走往何处再也找不出一块一截来的时候，那么你且咽着自家的口水，同唱戏似的把北京的豪富人家的蔬菜，有色有香地说给你的老母亲小妹妹听听，至少在未死前的一刻半刻钟中间，你们三个昏乱的脑子里，总可以大事铺张的享乐一回。

但是我听你说，你的故乡连年兵燹，房屋田产都已毁尽，老母弱妹也不知是生是死，五年来音信不通，并且现在回湖南的火车不开，就是有路费也回去不得，何况没有路费呢？

上策不行，次上中策也不行，现在我为你实在是没有什么法子好想了。不得已我就把两个下策来对你讲吧！

第一，现在听说天桥又在招兵，并且听说取得极宽，上自五十岁的老人起，下至十六七岁的少年止，一律都收，你若应募之后，马上开赴前敌，打死在租界以外的中国地界，虽然不能说是为国效忠，也可以算得是为招你的那个同胞效了命，岂不是比饿死冻死在你那公寓的斗室里，好得多么？况且万一不开往前敌，或虽开往前敌而不打死的时候，只教你能保持你现在的这种纯洁的精神，只教你能有如现在想进大学读书一样的精神来宣传你的理想，难保你所属的一师一旅，不为你所感化。这是下策的第一个。

第二，这才是真真的下策了！你现在不是只愁没有地方住没有地方吃饭而又苦于没有勇气自杀么？你的没有能力做土匪，没有能力拉洋车，是我今天早晨在你公寓里第一眼看见你的时候，已经晓得的。但是有一件事情，我想你还能胜任的，要干的时候一定是干得到的。这是什么事情呢？啊啊，我真不愿意说出来——我并不是怕人家对我提起诉讼，说我在唆使你做贼，啊呀，不愿意说倒说出来了，做贼，做贼，不错，我所说的这件事情就是叫你去偷窃呀！

无论什么人的无论什么东西，只教你偷得着，尽管偷吧！偷到了，不被发觉，那么就可以把这你偷自他，他抢自第三人的，在现在的社会里称为赃物，在将来进步了的社会里，当然是要分归你有的东西，拿到当铺——我虽然不能为你介绍职业，但是像这样的当铺却可以为你介绍几家——里去换钱用。万一发觉了呢？也没有什么。第一你坐坐监牢，房钱总可以不付了。第二监狱里的饭，虽然没有今天中午我请你的那家馆子里的那么好，但是饭钱是可以不付的。第三或者什么什么司令，以军法从事，把你枭首示众的时候，那么你的无勇气的自杀，总算是他来代你执行了，也是你的一件快心的事情，因为这样地活在世上，实在是没有什么意思。

我写到这里，觉得没有话再可以和你说了，最后我且来告诉你一种实习的方法吧！

你若要实行上举的第二下策，最好是从亲近的熟人方面做起。譬如你那位同乡的亲戚老H家里，你可以先去试一试看。因为他的那些堆积在那里的富财，不过是方法手段不同罢了，实际上也是和你一样的偷来抢来的。再若你慑于他的慈和的笑里的尖刀，不敢去向他先试，那么不妨上我这里来做个破题儿试试。我晚上卧房的门常是不关，进出很便。不过有一件缺点，就是我这里没有什么值钱的物事。但是我有几本旧书，却很可以卖几个钱。你若来时，最好是预先通知我一下，我好多服一剂催眠药，早些睡下，因为近来身体不好，晚上老要失眠，怕与你的行动不便。还有一句话——你若来时，心肠应该要练得硬一点，不要因为是我的书的原因，致使你没有偷成，就放声大哭起来。

生活的现实

季羡林

生活，人人都有生活，它几乎是一个广阔无垠的概念。在家中，天天开门七件事：柴、米、油、盐、酱、醋、茶，人人都必须有的。这且不表。要处理好家庭成员的关系，不在话下。在社会上，就有了很大的区别。

当官的，要为人民服务，当然也盼指日高升。大款们另有一番风光，炒股票、玩期货，一夜之间成了暴发户，腰缠十万贯。"春风得意马蹄疾，一日看遍长安花"。当然一旦破了产，跳楼自杀，有时也在所难免。我辈书生，青灯黄卷，兀兀穷年，有时还得爬点格子，以济工资之穷。至于引车卖浆者流，只有拼命干活，才得糊口。

这都是我们必须面对的生活。我们必须黾勉从事，过好这个日子（生活），自不待言。

但是，如果我们把眼光放远一点，把思虑再深化一点，想一想全人类的生活，你感觉到危险性了没有？也许有人感到，我们这个小小寰球并不安全。有时会有地震，有时会有天灾，刀兵水火，疾病灾殃，说不定什么时候就会驾临你的头上，躲不胜躲，防不胜防。对策只有一个：顺其自然，尽上人事。

如果再把眼光放得更远，让思虑钻得更深，则眼前到处是看不见的陷阱。我自己也曾幼稚过一阵。我读东坡《（前）赤壁赋》："惟江上之清风，与山间之明月，耳得之而为声，目遇之而成色。取之不尽，用之不竭。是造物者之无尽藏也，而我与子之所共适。"我深信苏子讲的句句是真理。然而，到了今天，江上之风还清吗？山间之月还明吗？谁都知道，由于大气的污染，风早已不清，月早已不明了。与此有联系的还有生态平衡的破坏，动植物品种的灭绝，新疾病的不断出现，人口的爆炸，臭氧层出了洞，自然资源——其中包括水——的枯竭，如此等等，不一而足。我们人类实际上已经到了"盲人骑瞎马，夜半临深池"的地步。令人吃惊的是，虽然有人已经注意到了这个现象；但并没有提高到与人类生存前途挂钩的水平，仍然只是头痛治头，脚痛治脚。还有人幻想用西方的"科学"来解救这一场危机。我认为，这是不太可能的，这一场灾难主要就是西方"征服自然"的"科学"造成的。西方科学优秀之处，必须继承；但是必须从根本上，从思想上，解决问题，以东方的"民胞物与"的"天人合一"的思想济西方"科学"之穷。人类前途，庶几有望。

写 字

老 舍

假若我是个洋鬼子,我一定也得以为中国字有趣。换个样儿说,一个中国人而不会写笔好字,必定觉得不是味儿;所以我常不得劲儿。

写字算不算一种艺术,和作官算不算革命,我都弄不清楚。我只知道好字看着顺眼。顺眼当然不一定就是美,正如我老看自己的鼻子顺眼而不能自居姓艺名术字子美。可是顺眼也不算坏事,还没有人因为鼻子长得顺眼而去投河。再说,顺眼也颇不容易;无论你怎样自居为宝玉,你的鼻子没有我的这么顺眼,就干脆没办法;我的鼻子是天生带来的,不是在医院安上的。说到写字,写一笔漂亮字儿,不容易。工夫,天才,都得有点。这两样,我都有,可就是没人求我写字,真叫人起急!

看着别人写,个儿是个儿,笔力是笔力,真馋得慌。尤其堵得慌的是看着人家往张先生或李先生那里送纸,还得作揖,说好话,甚至于请吃饭。没人理我。我给人家作揖，人家还把纸藏起去。写好了扇子，白送给人家，人家道完谢，去另换扇面。气死人不偿命，简直的是！

只有一个办法：遇上丧事必送挽联，遇上喜事必送红对，自己写。敢不挂，玩命！人家也知道这个，哪敢不挂？可是挂在什么地方就大有分寸了。我老得到不见阳光，或厕所附近，找我写的东西去。行一回人情总得头疼两天。

顶伤心的是我并不是不用心写呀。哼，越使劲越糟！纸是好纸，墨是好墨，笔是好笔，工具满对得起人。写的时候，焚上香，开开窗户，还先读读碑帖。一笔不苟，横平竖直；挂起来看吧，一串倭瓜，没劲！不是这个大那个小，就是歪着一个。行列有时像歪脖树，有时像曲线美。整齐自然不是美的要素；要命是个个字像傻蛋，怎么耍俏怎么不行。纸算糟蹋远了去啦。要讲成绩的话，我就有一样好处，比别人糟蹋的纸多。

可是，"东风常向北，北风也有转南时"，我也出过两回锋头。一回是在英国一个乡村里。有位英国朋友死了，因为在中国住过几年，所以留下遗言。墓碣上要几个中国字。我去吊丧，死鬼的太太就这么跟我一提。我晓得运气来了，登时包办下来；马上回伦敦取笔墨砚，紧跟着跑回去，当众开彩。全村子的人横是差不多都来了吧，只有我会写；我还告诉他们：我不仅是会写，而且写得好。写完了，我就给他们掰开揉碎的一讲，这笔有什么讲究，哪笔有什么讲究。他们的眼睛都睁得圆圆的，眼珠里满是惊叹号。我一直痛快了半个多月。后来，我那几个字真刻在石头上了，一点也不瞎吹。"光荣是中国的，艺术之神多着一位。天上落下白米饭,小鬼儿啊啊的哭;因为仓颉泄露了天机!"我还记得作了这样高伟的诗。

第二回是在中国,这就更不容易了。前年我到远处去讲演。那里没有一个我的熟人。讲演完了,大家以为我很有学问,我就棍打腿的声明自己的学问很大,他们提什么我总知道,不知道的假装一笑,作为不便于说,他们简直不晓得我吃几碗干饭了,我更不便于告诉他们。提到写字,我又那么一笑。喝,不大会儿,玉版宣来了一堆。我差点乐疯了。平常老是自己买纸,这回我可捞着了!我也相信这次必能写得好:平常总是拿着劲,放不开胆,所以写得不自然;这次我给他个信马由缰,随笔写来,必有佳作。中堂,屏条,对联,写多了,直写了半天。写得确是不坏,大家也都说好。就是在我辞别的时候,我看出点毛病来:好些人跟招待我的人嘀咕,我很听见了几句:"别叫这小子走!""那怎好意思?""叫他赔纸!""算了吧,他从老远来的。"……招待员总算懂眼,知道我确是卖了力气写的,所以大家没一定叫我赔纸;到如今我还以为这一次我的成绩顶好,从量上质上说都下得去。无论怎么说,总算我过了瘾。

我知道自己的字不行,可有一层,谁的孩子谁不爱呢!是不是,二哥?

读　书

老　舍

若是学者才准念书,我就什么也不要说了。大概书不是专为学者预备的;那么,我可要多嘴了。

从我一生下来直到如今,没人盼望我成个学者;我永远喜欢服从多数人的意见。可是我爱念书。

书的种类很多,能和我有交情的可很少。我有决定念什么的全权;自幼儿我就会逃学,楞挨板子也不肯说我爱《三字经》和《百家姓》。对,《三字经》便可以代表一类——这类书,据我看,顶好在判了无期徒刑后去念,反正活着也没多大味儿。这类书可真不少,不知道为什么;也许是犯无期徒刑罪的太多;要不然便是太少——我自己就常想杀些写这类书的人。我可是还没杀过一个,一来是因为——我才明白过来——写这样书的人敢情有好些已经死了,比如写《尚书》的那位李二哥。二来是因为现在还有些人专爱念这类书,我不便得罪人太多了。顶好,我看是不管别人;我不爱念的就不动好了。好在，我爸爸没希望我成个学者。

第二类书也与咱无缘：书上满是公式，没有一个"然而"和"所以"。据说，这类书里藏着打开宇宙秘密的小金钥匙。我倒久想明白点真理，如地是圆的之类；可是这种书别扭，它老瞪着我。书不老老实实的当本书，瞪人干吗呀？我不能受这个气！有一回，一位朋友给我一本《相对论原理》，他说：明白这个就什么都明白了。我下了决心去念这本宝贝书。读了两个"配纸"，我遇上了一个公式。我跟它"相对"了两点多钟！往后边一看，公式还多了去啦！我知道和它们"相对"下去，它们也许不在乎，我还活着不呢？

可是我对这类书，老有点敬意。这类书和第一类有些不同，我看得出。第一类书不是没法懂，而是懂了以后使我更糊涂。以我现在的理解力——比上我七岁的时候，我现在满可以作圣人了——我能明白"人之初，性本善"。明白完了，紧跟着就糊涂了；昨儿个晚上，我还挨了小女儿——玫瑰唇的小天使——一个嘴巴。我知道这个小天使性本不善，她才两岁。第二类书根本就看不懂，可是人家的纸上没印着一句废话；懂不懂的，人家不闹玄虚，它瞪我，或者我是该瞪。我的心这么一软，便把它好好放在书架上；好打好散，别太伤了和气。

这要说到第三类书了。其实这不该算一类；就这么算吧，顺嘴。这类书是这样的：名气挺大，念过的人总不肯说它坏，没念过的人老怪害羞的说将要念。譬如说《元曲》，太炎"先生"的文章，罗马的悲剧，辛克莱的小说，《大公报》——不知是哪儿出版的一本书——都算在这类里，这些书我也都拿起来过，随手便又放下了。这里还就属那本《大公报》有点劲。我不害羞，永远不说将要念。好些书的广告与威风是很大的，我只能承认那些广告作得不错，谁管它威风不威风呢。

"类"还多着呢，不便再说；有上面的三项也就足所证明我怎样的不高明了。该说读的方法。

怎样读书，在这里，是个自决的问题；我说我的，没勉强谁跟我学。第一，我读书没系统。借着什么，买着什么，遇着什么，就读什么。不懂的放下，使我糊涂的放下，没趣味的放下，不客气。我不能叫书管着我。

第二，读得很快，而不记住。书要都叫我记住，还要书干吗？书应该记住自己。对我，最讨厌的发问是："那个典故是哪儿的呢？""那句书是怎么来着？"我永不回答这样的考问，即使我记得。我又不是印刷机器养的，管你这一套！

读得快，因为我有时候跳过几页去。不合我的意，我就练习跳远。书要是不服气的话，来跳我呀！看侦探小说的时候，我先看最后的几页，省事。

第三，读完一本书，没有批评，谁也不告诉。一告诉就糟："嘿，你读《啼笑因缘》？"要大家都不读《啼笑因缘》，人家写它干吗呢？一批评就糟："尊家这点意见？"我不惹气。读完一本书再打通儿架，不上算。我有我的爱与不爱，存在我自己心里。我爱念什么就念，有什么心得我自己知道，这是种享受，虽然显得自私一点。

再说呢，我读书似乎只要求一点灵感。"印象甚佳"便是好书，我没工夫去细细分析它，所以根本便不能批评。"印象甚佳"有时候并不是全书的，而是书中的一段最入我的味；因为这一段使我对这全书有了好感；其实这一段的美或者正足以破坏了全体的美，但是我不去管；有一段叫我喜欢两天的，我就感谢不尽。因此，设若我真去批评，大概是高明不了。

第四，我不读自己的书，不愿谈论自己的书。"儿子是自己的好"，我还不晓得，因为自己还没有过儿子。有个小女儿，女儿能不能代表儿子，就不得而知。"老婆是别人的好"，我也不敢加以拥护，特别是在家里。但是我准知道，书是别人的好。别人的书自然未必都好，可是至少给我一点我不知道的东西。自己的，一提都头疼！自己的书，和自己的运气，好像永远是一对儿累赘。

第五，哼，算了吧。

第四章　追向生活的光

> 你若爱，生活哪里都可爱。
> 你若恨，生活哪里都可恨。
> 你若感恩，处处可感恩。
> 你若成长，事事可成长。

书 桌

冯骥才

　　我有张小小的书桌。它又窄又矮，破旧极了。在外人眼里简直不成样子。上边的漆成片地剥落下来，残余的漆色变得晦黯发黑，连我自己都认不准它最初是什么颜色。桌面又满是划痕、硬伤，还有热水杯烫成的一个个套起来的深深浅浅的白圈儿。它一边只有三个小抽屉，抽屉把儿早不是原套的。一个是从破箱子上移来的铜把手，另两个是后钉上去的硬木条。别看它这份模样，三十年来，却一直放在我的窗前，我房间透进光来的地方。我搬过几次家，换过几件家具，但从来没有想到处理掉它……

　　"这么难看还要它干吗？！要是我早劈掉生火了！"

　　"它又不实用。你这么大人将就这样一个小桌子，早晚得驼背！"

　　"你怎么就是不肯扔掉这破玩意儿，难道它是件宝？你说呀……"

　　我笑而不答。那淡淡的笑意里包含着任何知己都难以理解、难以体会到的一种，一种……一种什么呢？

没有共同的经历就不会有同感。有时，同感能发挥出非常奇妙的作用，它能成为两颗心相融的最短、最直接的通道。如果没有同感，说它做什么？还不如独自一人到树林里，踩着落叶，自己对自己默默地说它一阵子，排遣出来，倒是一种安慰。

我无法想起，究竟什么时候，我开始使用这小桌的。我只模模糊糊记得，最初，我是站在它前面写写画画，而不是坐着。待我要坐下时，屁股下边必须垫上书包、枕头或一大摞画报，才能够得上桌面……

记忆里，幼时的事，都是穿不成串儿的珠子。这珠子却在记忆的深井的底儿滴溜溜、闪闪发光地打转，很难抓住它们——

我把"人"字总误写成"入"字，就在这桌上吧！

我一排排地晾干弹弓子用的小泥球儿，就在这桌上吧！

我在小木板上钉钉子，就在这桌上吧！

对，就在这儿。桌面上原来有一块能够照见自己脸儿的光光的玻璃板，给我钉钉子时打碎了——这件事我可记得清清楚楚，为此我还挨爸爸一通好打呢！也许打得太疼，我才记得十分牢。但过后我却一点儿也不后悔。因为，从此我做过的、经历过的、经受过的许许多多事，都在这没有玻璃板保护的桌面上留下了痕迹。

桌面上净是小瘪坑。有的坑儿挺深，像个洞眼，蚂蚁爬到那儿，得停一下，迟疑片刻，最后绕过去……细细瞧吧，还满是划痕哪，横竖歪斜，有的深，如一道沟；有的轻浅；还有的比蛛丝还细。这细细的印痕，是不是当初削铅笔尖留下的？那一条条长长的道道儿，是不是随意用指甲硬划上去的？那儿黑糊糊的一块儿，是不是过年做灯笼，烤弯竹条时碰倒了蜡烛烧的？分辨不清了，原因不明了，全搅在一起了；这中间还混着许多字迹，钢笔的、铅笔的、墨笔的，还有用什么硬东西刻上去的。那些画上去的形象，有的完整，有的破碎——一只靴子啦，枪啦，一张侧面脸啦，这是不是我的自画像？年深日久，早都给磨得模糊一片。痕迹斑驳的桌面，有如一块风化得相当厉害、漫漶不清的碑石。

但我从中细心查辨，也能认出某些痕迹的来由，想起这里边包含着的、只有我才知道的故事，并联想起与此有关或无关的、早已融进往昔岁月中的童年生活。

为此，我很少用湿布去拭抹它。

只有一次例外。那是我上小学四年级时。我前排坐着一个女同学，十分瘦弱。她年龄与我一般大，个子却比我矮一头。两条短短的黄辫儿，简直是两根麻绳头。一天，上语文课，我没听讲，却悄悄把眼前的两条黄辫子拴在这女同学的椅子背儿上。正巧老师叫她回答问题，她一起身，拴住的辫子扯得她头痛得大叫。我的语文老师姓李，瘦削的脸满是黑胡茬，连脸颊上都是。一副黑边的近视镜混淆了他的眼神，使我头次见到他时以为他挺凶，其实他温和极了。他对我们调皮的忍耐限度比别的老师都大。但不知为什么，那天他好厉害，把我一把拉到课堂前，叫我伸出双手，狠狠打了十多板子。他真生气呢！气呼呼地直喘，什么话也说不出来了，只指着门瞪圆眼对我吼道："走！快走！"我离开了课堂，一路跑回家。手疼倒没什么，但当众挨打受罚，我的自尊心受不了。于是，我眼泪汪汪地在桌上写了"李老师是狗！"几个字。我写得那么痛快和解气，好像这几个字给我报了什么"仇"似的。这几个字相当威风地在我桌上保留了好长时间。

在表的滴答声中,在上下课的铃声中,在雨和雪轮番交替地敲打窗子声中,我长大起来。事也懂得多了。桌上那几个字却不那么神气了。反而怕被人瞧见,似乎成了一种不光彩、甚至是耻辱的污迹,我带着一种说不清是对李老师,还是对长大后再也遇不到的那个瘦弱的女同学的愧疚心情,用手巾尖儿蘸些水使劲把这几个字抹下去。

真奇怪!字儿抹掉了,好像心里干净了一些。

我上了中学,毕业了,参加了工作。我的许多事,写信、写文章、画画、吃东西,做些什么零七八碎的事都在这桌上,它一直伴随着我。

但它在我长大起来的身躯前,渐渐显得矮小,不合用了;而且用久了,愈来愈破旧,在后来买进来的新家具中间,显得寒碜和过时。它似乎老了,早完成了使命,在人世间物换星移的常规里等待着接受取代。

有一天我画画。画幅大,桌面小。不得不把一半画纸垂到桌下,先画铺在桌面上的一半;待画得差不多时,再拉上纸来画另一半。这样就很难照顾到画面的整体感,我画得那么别扭,真急了,止不住愤愤地骂道:

"真该死,这破桌子!"

它听着,不吭一声。等我画好了画儿,张挂起来;画面却意外地好。我十分快活,早把桌子忘在一旁。它呢?依然默默旁立。它就是这样与我为伴,好像我不抛掉它,它就一心而从无二意地跟随着我。是不是由于它仅仅是无生命的物品,我从未把它作为一只小猫、小鸟、小兔那样的伴侣？但是，小兔死了，猫跑了，小鸟飞了，它却不声不响地有心地记下我生活经历过的许多酸甜苦辣。并顺从地任我做任何有损于它的事。当一次，我听说自己遭遇不幸，是因为被一位多年来与我非常要好的朋友出卖时，我忍受不住，发疯似的猛地一拍桌面：

"啪！"

桌面上出现一条长长的裂缝；我那颗初入社会纯真的心上，也暗暗出现一条裂痕。它竟同我一样。

从此，我便不觉地爱护起它来了。

我有过一个女朋友。她是一只快乐的小鸟——那早晨站在沾着露水的枝头抖动翅膀、在阳光里飞来飞去、在烟突上探头探脑的小鸟。她总笑。她整天似乎除去快乐什么也不知道。她在任何一群人中出现，都能极快地把快乐通过笑、通过活泼的目光、通过喜气洋洋的俊俏的小脸儿、通过率真的动作，传染给每一个人。我说她的快乐是照眼的、悦耳的、香喷喷的，是魔术。我称她为"快乐女神"。

她一双腿长长。爱穿一条淡蓝色的短裙。她一进屋来，常常是一蹦就坐到小书桌上——这或许是她还带着些孩子气儿；或许她腿长，桌子矮，坐上去正合适。

我呢？过去吻她高矮也正好。我吻她，她不让。一忽儿把脸甩向左边，一忽儿又甩到右边，还调皮地笑着。她那光滑的短发像穗子一样在我笨拙的嘴唇上蹭来蹭去。

以后，由于挺复杂的原因，她终于说："我们的爱没有物质土壤，幻想的种子连幻想也结不出来了。"这句话，她说了许多遍，一次比一次肯定，最后她无可奈何又断然地离去了。

稀奇的是，那快乐女神始终与我这哑巴桌子连在一起。每当我的目光碰到桌沿，就会幻觉出她当初坐在桌上的样子。浅蓝色的短裙扇状地铺开，一双直直又顺溜儿的长腿垂下来，两只小巧的脚交叉地别着。这时她那动听的笑声好似又在桌上的空间里发出来。

我需要记着的，这桌儿都给我记着了。而那女神与我临别时掉在桌上的泪滴，却一点痕迹也没留下。大概那不是泪，而是水滴。

桌上唯有一处大硬伤。那是——那天，一群穿绿服装、臂套红色袖章的男女孩子们闯进我家来。每人拿一把斧头，说要"砸烂旧世界"，我被迫站在门口表示欢迎，并木然地瞅着他们在顷刻间，把我房间里的一切胡乱砸一通。其中有个姑娘，模样挺端正，但她的眼神叫我害怕。她不吵不闹，砸起东西来异乎寻常的细致。她在屋里转来转去，把尚且完整的东西翻出来，一件件有条不紊地敲得粉碎。然后，她翻出我一本相册，把里面的照片一张张抽出来，全都撕成两半。她做这些事时，脸上没有任何表情。

她忽然把一张照片面对我，问：

"这是谁？"

这是我那"快乐女神"的。我说：

"一个朋友。"

她微微现出一种冷笑，一双秀气的眼睛直盯着我，两只白白的手把这照片撕成细小的碎片。我至今不明白，在那时为什么一些女孩子干这种事时，反比男孩子们干得更彻底、更狠心、更无情。相册中所有女人的照片——我姐姐、妻子、母亲的，她撕得尤其凶，"唰、唰、唰"地响。仿佛此刻她心里有什么受不了的情感折磨着她,迫使她这样做。

最后,她临去时,一眼瞥见我的书桌。大约这书桌过于破旧,开始时并没引起他们的兴趣。此刻在一堆碎物中间,反而惹眼了。她撇向一边的薄薄的唇缝里含着一种讥讽:"你还有这么个破玩意儿!"随手一斧子,正砍在桌角上。掉下一块挺大的木茬。

就这样,我过去的生活的一切,无论是快乐和幸福的,还是忧愁和不幸的,都留在桌上了。哪怕我忘了,它也会无声的提醒我。

它就摆在我窗前。从窗子透进的光笼罩着它。我窗外是一棵大槐树的树冠。这树冠摇曳婆娑的影子总是和阳光一起投照在我这小小的桌面上。

每当这树冠的枝影间满是小小的黑点时,那是春天;黑点点儿则是大槐树初发的芽豆豆。这期间,偶尔还有一种俗名叫做"绿叶儿"的候鸟,在枝间伶俐地蹦跳的影子出现在桌面上。夏天来了,树影日浓,渐渐变成一块荫凉,密密实实地遮盖住我的小桌。等到这块厚厚的荫凉破碎了,透现出一些晃动着的阳光的斑点儿时,秋风还会把一两片变黄的叶子吹进窗;像几只金色的小船,落在我这如同无风的水面一般平光光的桌面上。随后该关窗子了,玻璃蒙上了薄薄的水蒸气。那片叶无存、光秃秃、只剩下枝桠的树影,便像一张朦胧模糊的大网,把我的小桌罩住……

我常常被这些情景弄得发呆。谁说它丑?它无用?它应当被丢弃?它有着任何华贵的物品都无法代替的风韵和诗意。在它的更深处,甚至还潜藏着思想。

尤其是在阴雨的日子里,乌云像拉上的厚帘子把窗户遮暗了,小桌变成黑影,很像一块浓雾里的礁石,黑黝黝的,沉默无语。忽然一道闪电把它整个照亮,它那桌面上反射着可怕的蓝色的电光。但在这一瞬间的强光里,它上边的一切痕迹都清晰地显现出来,留在这中间的往事一下子全都复活了……

我闭上眼,情愿被再现在幻觉中的往事深深地感动着。

我终于失去了它。

在地震中,塌落下来的屋顶把它压垮。我的孩子正好躲在桌下,给它保护住了生命。它才是真正地为我献出了一切呢!等我从废墟中把它找出来,只是一堆碎木板、木条和木块了。我请来一个能干的木匠,想把它复原。木匠师傅瞅着它,抽着烟,最后摇了摇头。并且莫名其妙地瞅了我一眼,显然他不明白我何以有此意图——又不是复原一件碎损的稀世古物。

它就这样在我的生活中没了。

我需要书桌,只得另买一张。新买的桌子宽大、实用、漆得锃亮,高矮也挺合适。我每每坐在这崭新却陌生的大书桌前,就觉得过去的一切像那不能再生的书桌一样,烟消云散,虚无飘渺,再也无从抓住似的……

我因此感到隐隐的忧伤。不由得想起几句话,却想不起是谁说的了:

"啊,生活,你真迷人……哪怕是久已过去的,也叫人割舍不得;哪怕是不幸的,也渐渐能化为深沉的诗。"

时　光

冯骥才

一岁将尽，便进入一种此间特有的情氛中。平日里奔波忙碌，只觉得时间的紧迫，很难感受到"时光"的存在。时间属于现实，时光属于人生。然而到了年终时分，时光的感觉乍然出现。它短促、有限、性急，你在后边追它，却始终抓不到它飘举的衣袂。它飞也似的向着年的终点扎去。等到你真的将它超越，年已经过去，那一大片时光便留在过往不复的岁月里了。

今晚突然停电，摸黑点起蜡烛。烛光如同光明的花苞，宁静地浮在漆黑的空间里；室内无风，这光之花苞便分外优雅与美丽；些许的光散布开来，朦胧依稀地勾勒出周边的事物。没有电就没有音乐相伴，但我有比音乐更好的伴侣——思考。

可是对于生活最具悟性的，不是思想者，而是普通大众。比如大众俗语中，把临近年终这几天称作"年根儿"，多么真切和形象！它叫我们顿时发觉，一棵本来是绿意盈盈的岁月之树，已被我们消耗殆尽，只剩下一点点根底。时光竟然这样的紧迫、拮据与深浓……

一下子，一年里经历过的种种事物的影像全都重叠地堆在眼前。不管这些事情怎样庞杂与艰辛，无奈与突兀。我更想从中找到自己的足痕。从春天落英缤纷的京都退藏到冬日小雨空濛的雅典德尔菲遗址；从重庆荒芜的红卫兵墓到津南那条神奇的蛤蜊堤；从一个会场到另一个会场，一个活动到另一个活动中；究竟哪一些足迹至今清晰犹在，哪一些足迹杂沓模糊甚至早被时光干干净净一抹而去？

我瞪着眼前的重重黑影，使劲儿看去。就在烛光散布的尽头，忽然看到一双眼睛正直对着我。目光冷峻锐利，逼视而来。这原是我放在那里的一尊木雕的北宋天王像。然而此刻他的目光却变得分外有力。它何以穿过夜的浓雾，穿过漫长的八百年，锐不可当、拷问似的直视着任何敢于朝他瞧上一眼的人？显然，是由于八百年前那位不知名的民间雕工传神的本领、非凡的才气；他还把一种阳刚正气和直逼邪恶的精神注入其中。如今那位无名雕工早已了无踪影，然而他那令人震撼的生命精神却保存下来。

在这里，时光不是分毫不曾消逝么？

植物死了，把它的生命留在种子里；诗人离去，把他的生命留在诗句里。

时光对于人，其实就是生命的过程。当生命走到终点，不一定消失得没有痕迹，有时它还会转化为另一种形态存在或再生。母与子的生命的转换，不就在延续着整个人类吗？再造生命，才是最伟大的生命奇迹。而此中，艺术家们应是最幸福的一种。唯有他们能用自己的生命去再造一个新的生命。小说家再造的是代代相传的人物；作曲家再造的是他们那个可以听到的迷人而永在的灵魂。

　　此刻，我的眸子闪闪发亮，视野开阔，房间里的一切艺术珍品都一点点地呈现。它们不是被烛光照亮，而是被我陡然觉醒的心智召唤出来的。

　　其实我最清晰和最深刻的足迹，应是书桌下边，水泥的地面上那两个被自己的双足磨成的浅坑。我的时光只有被安顿在这里，它才不会消失，而被我转化成一个个独异又鲜活的生命，以及一行行永不褪色的文字。然而我一年里把多少时光抛入尘嚣，或是支付给种种一闪即逝的虚幻的社会场景。甚至有时属于自己的时光反成了别人的恩赐。检阅一下自己创造的人物吧，掂量他们的寿命有多长。艺术家的生命是用他艺术的生命计量的。每个艺术家都有可能达到永恒，放弃掉的只能是自己。是不是？

　　迎面那宋代天王瞪着我，等我回答。

　　我无言以对，尴尬到了自感狼狈。

　　忽然，电来了，灯光大亮，事物通明，恍如更换天地。刚才那片幽阔深远的思想世界顿时不在，唯有烛火空自燃烧，显得多余。再看那宋代的天王像，在灯光里仿佛换了一个神气，不再那样咄咄逼人了。

　　我也不用回答他，因为我已经回答自己了。

我所生长的地方

沈从文

拿起我这支笔来,想写点我在这地面上二十年所过的日子,所见的人物,所听的声音,所嗅的气味,也就是说我真真实实所受的人生教育,首先提到一个我从那儿生长的边疆僻地小城时,实在不知道怎样来着手就较方便些。我应当照城市中人的口吻来说,这真是一个古怪地方!只由于两百年前满人治理中国土地时,为镇抚与虐杀残余苗族,派遣了一队戍卒屯丁驻扎,方有了城堡与居民。这古怪地方的成立与一切过去,有一部《苗防备览》记载了些官方文件,但那只是一部枯燥无味的官书。我想把我一篇作品里所简单描绘过的那个小城,介绍到这里来。这虽然只是一个轮廓,但那地方一切情景,却浮凸起来,仿佛可用手去摸触。

一个好事人,若从一百年前某种较旧一点的地图上去寻找,当可在黔北、川东、湘西一处极偏僻的角隅上,发现了一个名为"镇箪"的小点。那里同别的小点一样，事实上应当有一个城市，在那城市中，安顿下三五千人口。不过一切城市的存在，大部分皆在交通、物产、经济活动情形下面，成为那个城市枯荣的因缘，这一个地方，却以另外一个意义无所依附而独立存在。试将那个用粗糙而坚实巨大石头砌成的圆城作为中心，向四方展开，围绕了这边疆僻地的孤城，约有七千多座碉堡，二百左右的营汛。碉堡各用大石块堆成，位置在山顶头，随了山岭脉络蜿蜒各处走去；营汛各位置在驿路上，布置得极有秩序。这些东西在一百八十年前，是按照一种精密的计划，各保持相当距离，在周围数百里内，平均分配下来，解决了退守一隅常作"蠢动"的边苗"叛变"的。两世纪来满清的暴政，以及因这暴政而引起的反抗，血染红了每一条官路同每一个碉堡。到如今，一切完事了，碉堡多数业已毁掉了，营汛多数成为民房了，人民已大半同化了。落日黄昏时节，站到那个巍然独在万山环绕的孤城高处，眺望那些远近残毁碉堡，还可依稀想见当时角鼓火炬传警告急的光景。这地方到今日，已因为变成另外一种军事重心，一切皆用一种迅速的姿势在改变，在进步，同时这种进步，也就正消灭到过去一切。

凡有机会追随了屈原溯江而行那条常年澄清的沅水，向上游去的旅客和商人，若打量由陆路入黔入川，不经古夜郎国，不经永顺、龙山，都应当明白"镇箪"是个可以安顿他的行李最可靠也最舒服的地方。那里土匪的名称不习惯于一般人的耳朵。兵卒纯善如平民，与人无侮无扰。农民勇敢而安分，且莫不敬神守法。商人各负担了花纱同货物，洒脱单独向深山中村庄走去，与平民作有无交易，谋取什一之利。地方统治者分数种：最上为天神，其次为官，又其次才为村长同执行巫术的神的侍奉者。人人洁身信神，守法爱官。每家俱有兵役，可按月各自到营上领取一点银子，一份米粮，且可从官家领取二百年前被政府所没收的公田耕耨播种。城中人每年各按照家中有无，到天王庙去杀猪，宰羊，磔狗，献鸡，献鱼，求神保佑五谷的繁殖，六畜的兴旺，儿女的长成，以及作疾病婚丧的禳解。人人皆很高兴担负官府所分派的捐款，又自动的捐钱与庙祝或单独执行巫术者。一切事保持一种淳朴习惯，遵从古礼；春秋二季农事起始与结束时，照例有年老人向各处人家敛钱，给社稷神唱木傀儡戏。旱暵祈雨，便有小孩子共同抬了活狗，带上柳条，或扎成草龙，各处走去。春天常有春官，穿黄衣各处念农事歌词。岁暮年末，居民便装饰红衣傩神于家中正屋，捶大鼓如雷鸣，苗巫穿鲜红如血衣服，吹镂银牛角，拿铜刀，踊跃歌舞娱神。城中的住民，多当时派遣移来的戍卒屯丁，此外则有江西人在此卖布，福建人在此卖烟，广东人在此卖药。地方由少数读书人与多数军官，在政治上与婚姻上两面的结合，产生一个上层阶级，这阶级一方面用一种保守稳健的政策，长时期管理政治，一方面支配了大部分属于私有的土地；而这阶级的来源，却又仍然出于当年的戍卒屯丁。地方城外山坡上产桐树杉树，矿坑中有朱砂水银，松林里生菌子，山洞中多硝。城乡全不缺少勇敢忠诚适于理想的兵士，与温柔耐劳适于家庭的妇人。在军校阶级厨房中，出异常可口的菜饭，在伐树砍柴人口中，出热情优美的歌声。

地方东南四十里接近大河，一道河流肥沃了平衍的两岸，多米，多橘柚。西北二十里后，即已渐入高原，近抵苗乡，万山重叠，大小重叠的山中，大杉树以长年深绿逼人的颜色，蔓延各处。一道小河从高山绝涧中流出，汇集了万山细流，沿了两岸有杉树林的河沟奔驶而过，农民各就河边编缚竹子作成水车，引河中流水，灌溉高处的山田。河水常年清澈，其中多鳜鱼，鲫鱼，鲤鱼，大的比人脚板还大。河岸上那些人家里，常常可以见到白脸长身见人善作媚笑的女子。小河水流环绕"镇筸"北城下驶，到一百七十里后方汇入辰河，直抵洞庭。

这地方又名凤凰厅，到民国后便改成了县治，名凤凰县。辛亥革命后，湘西镇守使与辰沅道皆驻节在此地。地方居民不过五六千，驻防各处的正规兵士却有七千。由于环境的不同，直到现在其地绿营兵役制度尚保存不废，为中国绿营军制唯一残留之物。

我就生长到这样一个小城里，将近十五岁时方离开。出门两年半回过那小城一次以后，直到现在为止，那城门我还不再进去过。但那地方我是熟习的。现在还有许多人生活在那个城市里，我却常常生活在那个小城过去给我的印象里。

人间自有真情在

季羡林

前不久,我写了一篇短文《园花寂寞红》,讲的是楼右前方住着的一对老夫妇,男的是中国人,女的是德国人。他们在德国结婚后,移居中国,到现在已将近半个世纪了。哪里想到,一夜之间,男的突然死去。他天天侍弄的小花园,失去了主人。几朵仅存的月季花,在秋风中颤抖,挣扎,苟延残喘,浑身凄凉、寂寞。

我每天走过那个小花园,也感到凄凉、寂寞。我心里总在想:到了明年春天,小花园将日益颓败,月季花不会再开。连那些在北京只有梅兰芳家才有的大朵的牵牛花,在这里也将永远永远地消逝了。我的心情很沉重。

昨天中午,我又走过这个小花园,看到那位接近米寿的德国老太太在篱笆旁忙活着。我走近一看,她正在采集大牵牛花的种子。这可真是件新鲜事儿。我在这里住了三十年,从来没有见到过她侍弄过花。我曾满腹疑团:德国人一般都是爱花的,这老太太真有点个别。

可今天她为什么也忙着采集牵牛花的种子呢？她老态龙钟，罗锅着腰，穿一身黑衣裳，瘦得像一只螳螂。虽然采集花种不是累活，她干起来也是够呛的。我问她，采集这个干什么？她的回答极简单："我的丈夫死了，但是他爱的牵牛花不能死！"

我心里一亮，一下子顿悟出来了一个道理。她男人死了，一儿一女都在德国。老太太在中国可以说是举目无亲。虽然说是入了中国籍，但是在中国将近半个世纪，中国话说不了十句，中国饭吃不惯。她好像是中国社会水面上的一滴油，与整个社会格格不入，平常只同几个外国人和中国留德学生来往，显得很孤单。我常开玩笑说：她是组织上入了籍，思想上并没有入。到了此时，老头已去，儿女在外，返回德国，正其时矣。然而她却偏偏不走。道理何在呢？我百思不得其解。现在，一个非常偶然的机会让我看到她采集大牵牛花的种子。我一下子明白了：这一切都是为了死去的丈夫。

丈夫虽然走了，但是小花园还在，十分简陋的小房子还在。这小花园和小房子拴住了她那古老的回忆，长达半个世纪的甜蜜的回忆。这是他俩共同生活过的地方。为了忠诚于对丈夫的回忆，她不肯离开，不忍离开。我能够想象，她在夜深人静时，独对孤灯。窗外小竹林的簌窣声，穿窗而入。屋后土山上草丛中秋虫哀鸣。此外就是一片寂静。丈夫在时，她知道对面小屋里还睡着一个亲人，使自己不会感到孤独。然而现在呢，那个人突然离开自己，走了，永远永远地走了。茫茫天地，好像只剩下自己孤零一人。人生至此，将何以堪！设身处地，如果我处在她的位置上，我一定会马上离开这里，回到自己的祖国，同儿女在一起，度过余年。

然而，这一位瘦得像螳螂似的老太太却偏偏不走，偏偏死守空房，死守这一个小花园。我知道：这一切都是为了死去的丈夫。

这一位看似柔弱实极坚强的老太太，已经走到了人生的尽头。这一点恐怕她比谁都明白。然而她并未绝望，并未消沉。她还是浑身洋溢着生命力，在心中对未来还充满了希望。她还想到明年春天，她还想到牵牛花，她眼前一定不时闪过春天小花园杂花竞芳的景象。谁看到这种情况会不受到感动呢？我想，牵牛花而有知，到了明年春天，虽然男主人已经不在了，但它一定会精神抖擞，花朵一定会开得更大，更大，颜色一定会更鲜，更艳。

梦萦水木清华

季羡林

离开清华园已经五十多年了,但是我经常想到她。我无论如何也忘不掉清华的四年学习生活。如果没有清华母亲的哺育,我大概会是一事无成的。

在三十年代初期,清华和北大的门坎是异常高的。往往有几千学生报名投考,而被录取的还不到十分甚至二十分之一。因此,清华学生的素质是相当高的,而考上清华,多少都有点自豪感。

我当时是极少数的幸运儿之一,北大和清华我都考取了。经过了一番艰苦的思考,我决定入清华。原因也并不复杂,据说清华出国留学方便些。我以后没有后悔。清华和北大各有其优点,清华强调计划培养,严格训练;北大强调兼容并包,自由发展。各极其妙,不可偏执。

在校风方面,两校也各有其特点。清华校风我想以八个字来概括:清新、活泼、民主、向上。我只举几个小例子。新生入学,第一关就是"拖尸",这是英文字 toss 的音译。意思是,新生在报到前必须先到体育馆,旧生好事者列队在那里对新生进行"拖尸"。办法是,几个彪形大汉把新生的两手、两脚抓住,举了起来,在空中摇晃几次,然后抛到垫子上,这就算是完成了手续,颇有点像《水浒传》上提到的杀威棍。墙上贴着大字标语:"反抗者入水!"游泳池的门确实在敞开着。我因为有同乡大学篮球队长许振德保驾,没有被"拖尸"。至今回想起来,颇以为憾:这个终生难遇的机会轻轻放过,以后想补课也不行了。

这个从美国输入的"舶来品",是不是表示旧生"虐待"新生呢?我不认为是这样。我觉得,这里面并无一点敌意,只不过是对新伙伴开一点玩笑,其实是充满了友情的。这种表示友情的美国方式,也许有人看不惯,觉得洋里洋气的。我的看法正相反。我上面说到清华校风清新和活泼,就是指的这种"拖尸"还有其他一些行动。

我为什么说清华校风民主呢?我也举一个小例子。当时教授与学生之间有一条鸿沟,不可逾越。教授每月薪金高达三四百元大洋,可以购买面粉二百多袋,鸡蛋三四万个。他们的社会地位极高,往往目空一切,自视高人一等。学生接近他们比较困难。但这并不妨碍学生开教授的玩笑。开玩笑几乎都在《清华周刊》上。这是一份由学生主编的刊物,文章生动活泼,而且图文并茂。现在著名的戏剧家孙浩然同志,就常用"古巴"的笔名在《周刊》上发表漫画。有一天,俞平伯先生忽然大发豪兴,把脑袋剃了个净光,大摇大摆,走上讲台,全堂为之愕然。几天以后,《周刊》上就登出了文章,讽刺俞先生要出家当和尚。

第二件事情是针对吴雨僧（宓）先生的。他正教我们"中西诗之比较"这一门课。在课堂上，他把自己的新作十二首《空轩》诗印发给学生。这十二首诗当然意有所指，究竟指的是什么？我们说不清楚。反正当时他正在多方面地谈恋爱，这些诗可能与此有关。他热爱毛彦文是众所周知的。他的诗句："吴宓苦爱（毛彦文），三洲人士共惊闻"，是夫子自道。《空轩》诗发下来不久，校刊上就刊出了一首七律今译，我只记得前一半：

一见亚北貌似花，
顺着秫秸往上爬。
单独进攻忽失利，
跟踪盯梢也挨刷。

最后一句是："椎心泣血叫妈妈。"诗中的人物呼之欲出，熟悉清华今典的人都知道是谁。

学生同俞先生和吴先生开这样的玩笑，学生觉得好玩，威严方正的教授也不以为忤。这种气氛我觉得很和谐有趣。你能说这不民主吗？这样的琐事我还能回忆起一些来，现在不再啰嗦了。

清华学生一般都非常用功，但同时又勤于锻炼身体。每天下午四点以后，图书馆中几乎空无一人，而体育馆内则是人山人海，著名的"斗牛"正在热烈进行。操场上也挤满了跑步、踢球、打球的人。到了晚饭以后，图书馆里又是灯火通明，人人伏案苦读了。

根据上面谈到的各方面的情况，我把清华校风归纳为八个字：清新、活泼、民主、向上。

我在这样的环境中生活、学习了整整四个年头，其影响当然是非同小可的。至于清华园的景色，更是有口皆碑，而且四时不同：春则繁花烂漫，夏则藤影荷声，秋则枫叶似火，冬则白雪苍松。其他如西山紫气，荷塘月色，也令人忆念难忘。

现在母校八十周年了。我可以说是与校同寿。我为母校祝寿，也为自己祝寿。我对清华母亲依恋之情，弥老弥浓。我祝她长命千岁，千岁以上。我祝自己长命百岁，百岁以上。我希望在清华母亲百岁华诞之日，我自己能参加庆祝。

学画回忆

丰子恺

我七八岁时——到底是七岁或八岁，现在记不清楚了。但都可说，说得小了可说是照外国算法的；说得大了可说是照中国算法的。——入私塾，先读《三字经》，后来又读《千家诗》。《千家诗》每页上端有一幅木板画，记得第一幅画的是一只大象和一个人，在那里耕田，后来我知道这是二十四孝中的大舜耕田图。但当时并不知道画的是什么意思，只觉得看上端的画，比读下面的"云淡风轻近午天"有趣。我家开着染坊店，我向染匠司务讨些颜料来，溶化在小盅子里，用笔蘸了为书上的单色画着色，涂一只红象，一个蓝人，一片紫地，自以为得意。但那书的纸不是道林纸，而是很薄的中国纸，颜色涂在上面的纸上，渗透了下面好几层。我的颜料笔又吸得饱，透得更深。等得着好色，翻开书来一看，下面七八页上，都有一只红象、一个蓝人和一片紫地，好像用三色版套印的。

第二天上书的时候，父亲——就是我的先生——就骂，几乎要打手心；被母亲和大姐劝住了，终于没有打。我抽抽咽咽地哭了一顿，把颜料盅子藏在扶梯底下了。晚上，等到先生——就是我的父亲——上鸦片馆去了，我再到扶梯底下取出颜料盅子，叫红英——管我的女仆——到店堂里去偷几张煤头纸来，就在扶梯底下的半桌上的"洋油手照"[①]底下描色彩画。画一个红人，一只蓝狗，一间紫房子……这些画的最初的鉴赏者，便是红英。后来母亲和诸姐也看到了，她们都说"好"；可是我没有给父亲看，防恐吃手心。这就叫做"七岁入塾即擅长丹青"。况且向染坊店里讨来的颜料不止丹和青呢！

后来，我在父亲晒书的时候，看到了一部人物画谱，翻一翻，里面花样很多，便偷偷地取出了，藏在自己的抽斗里。晚上，又偷偷地拿到扶梯底下的半桌上去给红英看。这回不想再在书上着色；却想照样描几幅看，但是一幅也描不像。亏得红英想工[②]好，教我向习字簿上撕下一张纸来，印着了描。记得最初印着描的是人物谱上的柳柳州像。当时第一次印描没有经验，笔上墨水吸得太饱，习字簿上的纸又太薄，结果描是描成了，但原本上渗透了墨水，弄得很龌龊，曾经受大姐的责骂。这本书至今还存在，我晒旧书时候还翻出这个弄龌龊了的柳柳州像来看：穿着很长的袍子，两臂高高地向左右伸起，仰起头作大笑状。但周身都是斑斓的墨点，便是我当日印上去的。回思我当日最初就印这幅画的原因，大概是为了他高举两臂作大笑状，好像父亲打呵欠的模样，所以特别有兴味吧。后来，我的"印画"的技术

---

① "洋油手照"，作者家乡话，意即火油灯。
② 想工，作者家乡话，意即办法。

渐渐进步。大约十二三岁的时候（父亲已经弃世，我在另一私塾读书了），我已把这本人物谱统统印全。所用的纸是雪白的连史纸，而且所印的画都着色。着色所用的颜料仍旧是染坊里的，但不复用原色。我自己会配出各种间色来，在画上施以复杂华丽的色彩，同塾的学生看了都很欢喜，大家说："比原本上的好看得多！"而且大家问我讨画，拿去贴在灶间里，当作灶君菩萨；或者贴在床前，当作新年里买的"花纸儿"。所以说我"课余常摹古人笔意，写人物花鸟之图，以为游戏。同塾年长诸生竞欲乞得其作品而珍藏之"，也都有因；不过其事实是如此。

至于学生夺画相殴打，先生请我画至圣先师孔子像，悬诸塾中，命诸生晨夕礼拜，也都是确凿的事实，你听我说吧：那时候我们在私塾中弄画，同在现在社会里抽鸦片一样，是不敢公开的。我好像是一个土贩或私售灯吃的，同学们好像是上了瘾的鸦片鬼，大家在暗头里作勾当。先生坐在案桌上的时候，我们的画具和画都藏好，大家一摇一摆地读"幼学"书。等到下午，照例一个大块头来拖先生出去吃茶了，我们便拿出来弄画。我先一幅幅地印出来，然后一幅幅地涂颜料。同学们便像看病时向医生挂号一样，依次认定自己所欲得的画。得画的人对我有一种报酬，但不是稿费或润笔，而是种种玩意儿：金铃子一对连纸匣；挖空老菱壳一只，可以加上绳子去当作陀螺抽的；"云"字顺治铜钱一枚（有的顺治铜钱，后面有一个字，字共二十种。我们儿时听大人说，积得了一套，用绳编成宝剑形状，挂在床上，夜间一切鬼都不敢来。但其中，好像是"云"字，最不易得；往往为缺少此一字而编不成宝剑。故这种铜钱在当时的我们之间是一种贵重的赠品），或者铜管子（就是当时炮船上用的后膛枪子弹的壳）一个。有一次，两个同学为交换一张画，意见冲突，相打起来，被先生知道了。先生审问之下，知道相打的原因是为画；追求画的来源，知道是我所作，便厉声喊我走过去。我料想是吃戒尺了，低着头不睬，但觉得手心里火热了。终于先生走过来了。我已吓得魂不附体；但他走到我的座位旁边，并不拉我的手，却问我："这画是不是你画的？"我回答一个"是"字，预备吃戒尺了。他把我的身体拉开，抽开我的抽斗，搜查起来。我的画谱、颜料，以及印好而未着色的画，就都被他搜出。我以为这些东西全被没收了；结果不然，他但把画谱拿了去，坐在自己的椅子上一张一张地观赏起来。过了好一会儿，先生旋转头来叱一声："读！"大家朗朗地读："混沌初开，乾坤始奠……"这件案子便停顿了。我偷眼看先生，见他把画谱一张一张地翻下去，一直翻到底。放假的时候我夹了书包走到他面前去作一个揖，他换了一种与前不同的语气对我说："这书明天给你。"

明天早上我到塾，先生翻出画谱中的孔子像，对我说："你能照这样子画一个大的吗？"我没有防到先生也会要我画起画来，有些"受宠若惊"的感觉，支吾地回答说"能"。其实我向来只是"印"，不能"放大"。这个"能"字是被先生的威严吓出来的。说出之后心头发一阵闷，好像一块大石头吞在肚里了。先生继续说："我去买张纸来，你给我放大了画一张，也要着色彩的。"我只得说"好"。同学们看见先生要我画画了，大家装出惊奇和羡慕的脸色，对着我看。我却带着一肚皮心事，直到放假。

放假时我夹了书包和先生交给我的一张纸回家，便去向大姐商量。大姐教我，用一张画方格子的纸，套在画谱的书页中间。画谱纸很薄，孔子像就有经纬格子范围着了。大姐又拿缝纫用的尺和粉线袋给我在先生交给我的大纸上弹了大方格子，然后向镜箱中取出她画眉毛用的柳条枝来，烧一烧焦，教我依方格子放大的画法。那时候我们家里还没有铅笔和三角板、米突尺，我现在回想大姐所教我的画法，其聪明实在值得佩服。我依照她的指导，竟用柳条枝把一个孔子像的底稿描成了；同画谱上的完全一样，不过大得多，同我自己的身体差不多大。我伴着热烈的兴味，用毛笔钩出线条；又用大盆子调了多量的颜料，着上色彩，一个鲜明华丽而伟大的孔子像就出现在纸上。店里的伙计，作坊里的司务，看见了这幅孔子像，大家说："出色！"还有几个老妈子，尤加热烈地称赞我的"聪明"和画的"齐整"，并且说："将来哥儿给我画个容像，死了挂在灵前，也沾些风光。"我在许多伙计、司务和老妈子的盛称声中，俨然成了一个小画家。但听到老妈子要托我画容像，心中却有些儿着慌。我原来只会"依样画葫芦"的。全靠那格子放大的枪花，把书上的小画改成为我的"大作"；又全靠那颜色的文饰，使书上的线描一变而为我的"丹青"。格子放大是大姐教我的，颜料是染匠司务给我的，归到我自己名下的工作，仍旧只有"依样画葫芦"。如今老妈子要我画容像，说"不会画"有伤体面，说"会画"将来如何兑现？且置之不答，先把画缴给先生去。先生看了点头。次日画就粘贴在堂名匾下的板壁上。学生们每天早上到私塾，两手捧着书包向它拜一下；晚上散学，再向它拜一下。我也如此。

　　自从我的"大作"在塾中的堂前发表以后，同学们就给我一个绰号"画家"。每天来访先生的那个大块头看了画,点点头对先生说:"可以。"过时候学校初兴,先生忽然要把我们的私塾大加改良了。他买来一架风琴,自己先练习几天,然后教我们唱"男儿第一志气高,年纪不妨小"的歌。又请一个朋友来教我们学体操。我们都很高兴。有一天,先生呼我走过去,拿出一本书和一大块黄布来,和蔼地对我说:"你给我在黄布上画一条龙。"又翻开书来,继续说:"照这条龙一样。"原来这是体操时用的国旗。我接受了这命令,只得又去向大姐商量;再用老法子把龙放大,然后描线,涂色。但这回的颜料不是从染坊店里拿来,是由先生买来的铅粉、牛皮胶和红、黄、蓝各种颜色。我把牛皮胶煮溶了,加入铅粉,调制各种不透明的颜料,涂到黄布上,同西洋中世纪的 fresco① 画法相似。龙旗画成了,就被高高地张在竹竿上,引导学生通过市镇,到野外去体操。我悔不在体操后偷把那龙旗藏过了,好让我的传记里添两句:"其画龙点睛后忽不见,盖已乘云上天矣。"此后我的"画家"绰号自此更盛行;而老妈子的画像也催促得更紧了。

我再向大姐商量。她说二姐丈会画肖像,叫我到他家去"偷关子"。我到二姐丈家,果然看见他们有种种特别的画具:玻璃九宫格、擦笔、contê②、米突尺、三角板。我向二姐丈请教了些笔法,借了些画具,又借了一包照片来,作为练习的样本。因为那时我们家乡地方没有照相馆,我家里没有可用玻璃格子放大的四寸半身照片。回家以

---

① Fresco,壁画。

② contê,即 crayon contê,木炭铅笔。

后，我每天一放学就埋头在擦笔照相画中。这原是为了老妈子的要求而"抱佛脚"的；可是她没有照相，只有一个人。我的玻璃格子不能罩到她的脸上去，没有办法给她画像。天下事有会巧妙地解决的。大姐在我借来的一包样本中选出某老妇人的一张照片来，说："把这个人的下巴改尖些，就活像我们的老妈子了。"我依计而行，果然画了一幅八九分像的肖像画，外加在擦笔上面涂以漂亮的淡彩：粉红色的肌肉，翠蓝色的上衣，花带镶边；耳朵上外加挂上一双金黄色的珠耳环。老妈子看见珠耳环，心花盛开，即使完全不像，也说"像"了。自此以后，亲戚家死了人我就有差使——画容像。活着的亲戚也拿一张小照来叫我放大，挂在厢房里；预备将来可现成地移挂在灵前。我十七岁出外求学，年假、暑假回家时还常常接受这种义务生意。直到我十九岁时，从先生学了木炭写生画，读了美术的论著，方才把此业抛弃。到现在，在故乡的几位老伯伯和老太太之间，我的擦笔肖像画家的名誉依旧健在；不过他们大都以为我近来"不肯"画了，不再来请教我。前年还有一位老太太把她的新死了的丈夫的四寸照片寄到我上海的寓所来，哀求地托我写照。此道我久已生疏，早已没有画具，况且又没有时间和兴味。但无法对她说明，就把照片送到霞飞路的某照相馆里，托他们放大为廿四寸的，寄了去。后遂无问津者。

假如我早得学木炭写生画，早得受美术论著的指导，我的学画不会走这条崎岖的小径。唉，可笑的回忆，可耻的回忆，写在这里，给学画的人作借镜吧。

蛛丝和梅花

林徽因

真真地就是那么两根蛛丝,由门框边轻轻地牵到一枝梅花上。就是那么两根细丝,迎着太阳光发亮……再多了,那还像样么?一个摩登家庭如何能容蛛网在光天白日里作怪,管它有多美丽,多玄妙,多细致,够你对着它联想到一切自然,造物的神工和不可思议处;这两根丝本来就该使人脸红,且在冬天够多特别!可是亮亮的,细细的,倒有点像银,也有点像玻璃制的细丝,委实不算讨厌,尤其是它们那么潇脱风雅,偏偏那样有意无意地斜着搭在梅花的枝梢上。

你向着那丝看,冬天的太阳照满了屋内,窗明几净,每朵含苞的,开透的,半开的梅花在那里挺秀吐香,情绪不禁迷茫缥缈地充溢心胸,在那刹那的时间中振荡。同蛛丝一样的细弱,和不必需,思想开始抛引出去:由过去牵到将来,意识的,非意识的,由门框梅花牵出宇宙,浮云沧波踪迹不定。是人性,艺术,还是哲学,你也无暇计较,你不能制止你情绪的充溢,思想的驰骋,蛛丝梅花竟然是瞬息可以千里!

好比你是蜘蛛,你的周围也有你自织的蛛网,细致地牵引着天地,不怕多少次风雨来吹断它,你不会停止了这生命上基本的活动。此刻……"一枝斜好,幽香不知甚处……"

拿梅花来说吧,一串串丹红的结蕊缀在秀劲的傲骨上,最可爱,最可赏,等半绽将开地错落在老枝上时,你便会心跳!梅花最怕开;开了便没话说。索性残了,沁香拂散同夜里炉火都能成了一种温存的凄清。

记起了,也就是说到梅花,玉兰。初是有个朋友说起初恋时玉兰刚开完,天气每天的暖,住在湖旁,每夜跑到湖边林子里走路,又静坐幽僻石上看隔岸灯火,感到好像仅有如此虔诚地孤对一片泓碧寒星远市,才能把心里情绪抓紧了,放在最可靠最纯净的一撮思想里,始不致亵渎了或是惊着那"寤寐思服"的人儿。那是极年轻的男子初恋的情景——对象渺茫高远,反而近求"自我的"郁结深浅——他问起少女的情绪。

就在这里,忽记起梅花。一枝两枝,老枝细枝,横着,虬着,描着影子,喷着细香;太阳淡淡金色地铺在地板上;四壁琳琅,书架上的书和书签都像在发出言语;墙上小对联记不得是谁的集句;中条是东坡的诗。你敛住气,简直不敢喘息,跐起脚,细小的身形嵌在书房中间,看残照当窗,花影摇曳,你像失落了什么,有点迷惘。又像"怪东风着意相寻",有点儿没主意!浪漫,极端的浪漫。"飞花满地谁为扫?"你问,情绪风似地吹动,卷过,停留在惜花上面。再回头看看,花依旧嫣然不语。"如此娉婷,谁人解看花意",你更沉默,几乎热情地感到花的寂寞，开始怜花，把同情统统诗意地交给了花心！

这不是初恋，是未恋，正自觉"解看花意"的时代。情绪的不同，不止是男子和女子有分别，东方和西方也甚有差异。情绪即使根本相同，情绪的象征，情绪所寄托，所栖止的事物却常常不同。水和星子同西方情绪的联系，早就成了习惯。一颗星子在蓝天里闪，一流冷涧倾泻一片幽愁的平静，便激起他们诗情的波涌，心里甜蜜地，热情地便唱着由那些鹅羽的笔锋散下来的"她的眼如同星子在暮天里闪"，或是"明丽如同单独的那颗星，照着晚来的天"，或"多少次了，在一流碧水旁边，忧愁倚下她低垂的脸"。

惜花，解花太东方，亲昵自然，含着人性的细致是东方传统的情绪。

此外年龄还有尺寸，一样是愁，却跃跃似喜，十六岁时的，微风零乱，不颓废，不空虚，踏着理想的脚充满希望，东方和西方却一样。人老了脉脉烟雨，愁吟或牢骚多折损诗的活泼。大家如香山，稼轩，东坡，放翁的白发华发，很少不梗在诗里，至少是令人不快。话说远了，刚说是惜花，东方老少都免不了这嗜好，这倒不论老的雪鬓曳杖，深闺里也就攒眉千度。

最叫人惜的花是海棠一类的"春红"，那样娇嫩明艳，开过了残红满地，太招惹同情和伤感。但在西方即使也有我们同样的花，也还缺乏我们的廊庑庭院。有了"庭院深深深几许"才有一种庭院里特有的情绪。如果李易安的"斜风细雨"底下不是"重门须闭"也就不"萧条"得那样深沉可爱；李后主的"终日谁来"也一样的别有寂寞滋味。看花更须庭院，深深锁在里面认识，不时还得有轩窗栏杆，给你一点凭藉，虽然也用不着十二栏杆倚遍，那么慵弱无聊。

当然旧诗里伤愁太多；一首诗竟像一张美的证券，可以照着市价去兑现！所以庭花，乱红，黄昏，寂寞太滥，诗常失却诚实。西洋诗，恋爱总站在前头，或是"忘掉"，或是"记起"，月是为爱，花也是为爱，只使全是真情，也未尝不太腻味。就以两边好的来讲。拿他们的月光同我们的月色比，似乎是月色滋味深长得多。花更不用说了；我们的花"不是预备采下缀成花球，或花冠献给恋人的"，却是一树一树绰约的，个性的，自己立在情人的地位上接受恋歌的。

所以未恋时的对象最自然的是花，不是因为花而起的感慨——十六岁时无所谓感慨——仅是刚说过的自觉解花的情绪，寄托在那清丽无语的上边，你心折它绝韵孤高，你为花动了感情，实说你同花恋爱，也未尝不可——那惊讶狂喜也不减于初恋。还有那凝望，那沉思……

一根蛛丝！记忆也同一根蛛丝，搭在梅花上就由梅花枝上牵引出去，虽未织成密网，这诗意的前后，也就是相隔十几年的情绪的联络。

午后的阳光仍然斜照，庭院阒然，离离疏影，房里窗棂和梅花依然伴和成为图案，两根蛛丝在冬天还可以算为奇迹，你望着它看，真有点像银，也有点像玻璃，偏偏那么斜挂在梅花的枝梢上。

一片阳光

林徽因

放了假，春初的日子松弛下来。将午未午时候的阳光，澄黄的一片，由窗棂横浸到室内，晶莹地四处射。我有点发怔，习惯地在沉寂中惊讶我的周围。我望着太阳那湛明的体质，像要辨别它那交织绚烂的色泽，追逐它那不着痕迹地流动。看它洁净地映到书桌上时，我感到桌面上平铺着一种恬静，一种精神上的豪兴，情趣上的闲逸；即或所谓"窗明几净"，那里默守着神秘的期待，漾开诗的气氛。那种静，在静里似可听到那一处玎琮的泉流，和着仿佛是断续的琴声，低诉着一个幽独者自娱的音调。看到这同一片阳光射到地上时，我感到地面上花影浮动，暗香吹拂左右，人随着晌午的光霭花气在变幻，那种动，柔谐婉转有如无声音乐，令人悠然轻快，不自觉地脱落伤愁。至多，在舒扬理智的客观里使我偶一回头，看看过去幼年记忆步履所留的残迹，有点儿惋惜时间；微微怪时间不能保存情绪，保存那一切情绪所曾流连的境界。

倚在软椅上不但奢侈，也许更是一种过失，有闲的过失。但东坡的辩护："懒者常似静，静岂懒者徒"，不是没有道理。如果此刻不倚榻上而"静"，则方才情绪所兜的小小圈子便无条件地失落了去！人家就不可惜它，自己却实在不能不感到这种亲密的损失的可哀。

就说它是情绪上的小小旅行吧，不走并无不可，不过走走未始不是更好。归根说，我们活在这世上到底最珍惜一些什么？果真珍惜万物之灵的人的活动所产生的种种，所谓人类文化？这人类文化到底又靠一些什么？我们怀疑或许就是人身上那一撮精神同机体的感觉，生理心理所共起的情感，所激发出的一串行为，所聚敛的一点智慧——那么一点点人之所以为人的表现。宇宙万物客观的本无所可珍惜，反映在人性上的山川草木禽兽才开始有了秀丽，有了气质，有了灵犀。反映在人性上的人自己更不用说。没有人的感觉，人的情感，即便有自然，也就没有自然的美，质或神方面更无所谓人的智慧，人的创造，人的一切生活艺术的表现！这样说来，谁该鄙弃自己感觉上的小小旅行？为壮壮自己胆子，我们更该相信惟其人类有这类情绪的驰骋，实际的世间才赓续着产生我们精神所寄托的文物精萃。

此刻我竟可以微微一咳嗽，乃至于用播音的圆润口调说：我们既然无疑的珍惜文化，即尊重盘古到今种种的艺术——无论是抽象的思想的艺术，或是具体的驾驭天然材料另创的非天然形象——则对于艺术所由来的渊源，那点点人的感觉，人的情感智慧（通称人的情绪），又当如何地珍惜才算合理？

但是情绪的驰骋，显然不是诗或画或任何其他艺术建造的完成。这驰骋此刻虽占了自己生活的若干时间，却并不在空间里占任何一个小小位置！这个情形自己需完全明了。此刻它仅是一种无踪迹的流动，并无栖身的形体。它或含有各种或可捉摸的质素，但是好奇地探讨这个质素而具体要表现它的差事，无论其有无意义，除却本人外，别人是无能为力的。我此刻为着一片清婉可喜的阳光，分明自己在对内心交流变化的各种联想发生一种兴趣的注意，换句话说，这好奇与兴趣的注意已是我此刻生活的活动。一种力量又迫着我来把握住这个活动，而设法表现它，这不易抑制的冲动，或即所谓艺术冲动也未可知！只记得冷静的杜工部散散步，看看花，也不免会有"江上被花恼不彻，无处告诉只颠狂"的情绪上一片紊乱！玲珑煦暖的阳光照人面前，那美的感人力量就不减于花，不容我生硬地自己把情绪分划为有闲与实际的两种，而权其轻重，然后再决定取舍的。我也只有情绪上的一片紊乱。

情绪的旅行本偶然的事，今天一开头并为着这片春初晌午的阳光，现在也还是为着它。房间内有两种豪侈的光常叫我的心绪紧张如同花开，趁着感觉的微风，深浅零乱于冷智的枝叶中间。一种是烛光，高高的台座，长垂的烛泪，熊熊红焰当帘幕四下时各处光影掩映。那种闪烁明艳，雅有古意，明明是画中景象，却含有更多诗的成分。另一种便是这初春晌午的阳光，到时候有意无意地大片子洒落满室，那些窗棂栏板几案笔砚浴在光霭中，一时全成了静物图案；再有红蕊细枝点缀几处，室内更是轻香浮溢，叫人俯仰全触到一种灵性。

这种说法怕有点会发生误会，我并不说这片阳光射入室内，需要笔砚花香那些儒雅的托衬才能动人，我的意思倒是：室内顶寻常的一些供设，只要一片阳光这样又幽娴又洒脱地落在上面，一切都会带上另一种动人的气息。

　　这里要说到我最初认识的一片阳光。那年我六岁，记得是刚刚出了水珠以后——水珠即寻常水痘，不过我家乡的话叫它做水珠。当时我很喜欢那美丽的名字，忘却它是一种病，因而也觉到一种神秘的骄傲。只要人过我窗口问问出"水珠"么？我就感到一种荣耀。那个感觉至今还印在脑子里。也为这个缘故，我还记得病中奢侈的愉悦心境。虽然同其他多次的害病一样，那次我仍然是孤独的被囚禁在一间房屋里休养的。那是我们老宅子里最后的一进房子；白粉墙围着小小院子，北面一排三间，当中夹着一个开敞的厅堂。我病在东头娘的卧室里。西头是婶婶的住房。娘同婶永远要在祖母的前院里行使她们女人们的职务的，于是我常是这三间房屋唯一留守的主人。

　　在那三间屋子里病着，那经验是难堪的。时间过得特别慢，尤其是在日中毫无睡意的时候。起初，我仅集注我的听觉在各种似脚步，又不似脚步的上面。猜想着，等候着，希望着人来。间或听听隔墙各种琐碎的声音，由墙基底下传达出来又消敛了去。过一会儿，我就不耐烦了——不记得是怎样的，我就蹑着脚，捱着木床走到房门边。房门向着厅堂斜斜地开着一扇，我便扶着门框好奇地向外探望。

　　那时大概刚是午后两点钟光景，一张刚开过饭的八仙桌，异常寂寞地立在当中。桌下一片由厅口处射进来的阳光，泄泄融融地倒在那里。一个绝对悄寂的周围伴着这一片无声的金色的晶莹，不知为什么，忽使我六岁孩子的心里起了一次极不平常的振荡。

　　那里并没有几案花香，美术的布置，只是一张极寻常的八仙桌。如果我的记忆没有错，那上面在不多时间以前，是刚陈列过咸鱼，酱菜一类极寻常俭朴的午餐的。小孩子的心却呆了。或许两只眼睛倒张大一点，四处地望，似乎在寻觅一个问题的答案。为什么那片阳光美得那样动人？我记得我爬到房内窗前的桌子上坐着，有意无意地望望窗外，院里粉墙疏影同室内那片金色和煦绝然不同趣味。顺便我翻开手边娘梳妆用的旧式镜箱，又上下摇动那小排状抽屉，同那刻成花篮形的小铜坠子，不时听雀跃过枝清脆的鸟语。心里却仍为那片阳光隐着一片模糊的疑问。

时间经过二十多年，直到今天，又是这样一泄阳光，一片不可捉摸，不可思议流动的而又恬静的瑰宝，我才明白我那问题是永远没有答案的。事实上仅是如此：一张孤独的桌，一角寂寞的厅堂。一只灵巧的镜箱，或窗外断续的鸟语，和水珠——那美丽小孩子和病名——便凑巧永远同初春静沉的阳光整整复斜斜地成了我回忆中极自然的联想。

宗月大师

老 舍

在我小的时候,我因家贫而身体很弱。我九岁才入学。因家贫体弱,母亲有时候想教我去上学,又怕我受人家的欺侮,更因交不上学费,所以一直到九岁我还不识一个字。说不定,我会一辈子也得不到读书的机会。因为母亲虽然知道读书的重要,可是每月间三四吊钱的学费,实在让她为难。母亲是最喜脸面的人。她迟疑不决,光阴又不等待着任何人,荒来荒去,我也许就长到十多岁了。一个十多岁的贫而不识字的孩子,很自然的去作个小买卖——弄个小筐,卖些花生,煮豌豆,或樱桃什么的。要不然就是去学徒。母亲很爱我,但是假若我能去作学徒,或提篮沿街卖樱桃而每天赚几百钱,她或者就不会坚决的反对。穷困比爱心更有力量。

有一天刘大叔偶然的来了。我说"偶然的",因为他不常来看我们。他是个极富的人,尽管他心中并无贫富之别,可是他的财富使他终日不得闲,几乎没有工夫来看穷朋友。一进门,他看见了我。"孩子几岁了？上学没有？"他问我的母亲。他的声音是那么洪亮（在酒后，他常以学喊俞振庭的《金钱豹》自傲），他的衣服是那么华丽，他的眼是那么亮，他的脸和手是那么白嫩肥胖，使我感到我大概是犯了什么罪。我们的小屋，破桌凳，土炕，几乎禁不住他的声音的震动。等我母亲回答完，刘大叔马上决定："明天早上我来，带他上学，学钱、书籍，大姐你都不必管！"我的心跳起多高，谁知道上学是怎么一回事呢！

第二天，我像一条不体面的小狗似的，随着这位阔人去入学。学校是一家改良私塾，在离我的家有半里多地的一座道士庙里。庙不甚大，而充满了各种气味：一进山门先有一股大烟味，紧跟着便是糖精味（有一家熬制糖球糖块的作坊），再往里，是厕所味，与别的臭味。学校是在大殿里。大殿两旁的小屋住着道士，和道士的家眷。大殿里很黑，很冷。神像都用黄布挡着，供桌上摆着孔圣人的牌位。学生都面朝西坐着，一共有三十来人。西墙上有一块黑板——这是"改良"私塾。老师姓李，一位极死板而极有爱心的中年人。刘大叔和李老师"嚷"了一顿，而后教我拜圣人及老师。老师给了我一本《地球韵言》和一本《三字经》。我于是，就变成了学生。

自从作了学生以后，我时常的到刘大叔的家中去。他的宅子有两个大院子，院中几十间房屋都是出廊的。院后，还有一座相当大的花园。宅子的左右前后全是他的房屋，若是把那些房子齐齐的排起来，可以占半条大街。此外，他还有几处铺店。每逢我去，他必招呼我吃饭，或给我一些我没有看见过的点心。他绝不以我为一个苦孩子而冷淡我，他是阔大爷，但是他不以富傲人。

在我由私塾转入公立学校去的时候,刘大叔又来帮忙。这时候,他的财产已大半出了手。他是阔大爷,他只懂得花钱,而不知道计算。人们吃他,他甘心教他们吃;人们骗他,他付之一笑。他的财产有一部分是卖掉的,也有一部分是被人骗了去的。他不管;他的笑声照旧是洪亮的。

到我在中学毕业的时候,他已一贫如洗,什么财产也没有了,只剩了那个后花园。不过,在这个时候,假若他肯用用心思,去调整他的产业,他还能有办法教自己丰衣足食,因为他的好多财产是被人家骗了去的。可是,他不肯去请律师。贫与富在他心中是完全一样的。假若在这时候,他要是不再随便花钱,他至少可以保住那座花园,和城外的地产。可是,他好善。尽管他自己的儿女受着饥寒,尽管他自己受尽折磨,他还是去办贫儿学校,粥厂,等等慈善事业。他忘了自己。就是在这个时候,我和他过往的最密。他办贫儿学校,我去作义务教师。他施舍粮米,我去帮忙调查及散放。在我的心里,我很明白:放粮放钱不过只是延长贫民的受苦难的日期,而不足以阻拦住死亡。但是,看刘大叔那么热心,那么真诚,我就顾不得和他辩论,而只好也出点力了。即使我和他辩论,我也不会得胜,人情是往往能战败理智的。

在我出国以前,刘大叔的儿子死了。而后,他的花园也出了手。他入庙为僧,夫人与小姐入庵为尼。由他的性格来说,他似乎势必走入避世学禅的一途。但是由他的生活习惯上来说,大家总以为他不过能念念经,布施布施僧道而已,而绝对不会受戒出家。他居然出了家。在以前,他吃的是山珍海味,穿的是绫罗绸缎。他也嫖也赌。现在，他每日一餐，入秋还穿着件夏布道袍。这样苦修，他的脸上还是红红的，笑声还是洪亮的。对佛学，他有多么深的认识，我不敢说。我却真知道他是个好和尚，他知道一点便去作一点，能作一点便作一点。他的学问也许不高，但是他所知道的都能见诸实行。

出家以后，他不久就作了一座大寺的方丈。可是没有好久就被驱除出来。他是要作真和尚，所以他不惜变卖庙产去救济苦人。庙里不要这种方丈。一般的说，方丈的责任是要扩充庙产，而不是救苦救难的。离开大寺，他到一座没有任何产业的庙里作方丈。他自己既没有钱，他还须天天为僧众们找到斋吃。同时，他还举办粥厂等等慈善事业。他穷，他忙，他每日只进一顿简单的素餐，可是他的笑声还是那么洪亮。他的庙里不应佛事，赶到有人来请，他便领着僧众给人家去唪真经，不要报酬。他整天不在庙里，但是他并没忘了修持；他持戒越来越严，对经义也深有所获。他白天在各处筹钱办事，晚间在小室里作工夫。谁见到这位破和尚也不曾想到他曾是个在金子里长起来的阔大爷。

去年，有一天他正给一位圆寂了的和尚念经，他忽然闭上了眼，就坐化了。火葬后，人们在他的身上发现许多舍利。

没有他，我也许一辈子也不会入学读书。没有他，我也许永远想不起帮助别人有什么乐趣与意义。他是不是真的成了佛？我不知道。但是，我的确相信他的居心与言行是与佛相近似的。我在精神上物质上都受过他的好处，现在我的确愿意他真的成了佛，并且盼望他以佛心引领我向善，正像在三十五年前，他拉着我去入私塾那样！

他是宗月大师。

我在西湖出家的经过

李叔同

杭州这个地方,实堪称为佛地,因为寺庙之多,约有两千余所,可想见杭州佛法之盛了。

最近"越风社"要出关于西湖的《增刊》,由黄居士来函,要我做一篇《西湖与佛教之因缘》。我觉得这个题目的范围太广泛了,而且又无参考书在手,短期内是不能做成的。所以现在就将我从前在西湖居住时,把那些值得追味的几件零碎的事情来说一说,也算是纪念我出家的经过。

我第一次到杭州,是光绪二十八年(1902年)七月(本篇所记年月,皆依旧历)。在杭州住了约莫一个月光景,但是并没有到寺院里去过。只记得有一次到涌金门外去吃过一回茶而已,同时也就把西湖的风景稍微看了一下。

第二次到杭州时,那是民国元年(1912年)的七月里。这回到杭州倒住得很久,一直住了近十年,可以说是很久的了。

我的住处在钱塘门内,离西湖很近,只两里路光景。在钱塘门外,靠西湖边有一所小茶馆,名"景春园",我常常一个人出门,独自到景春园的楼上去吃茶。当民国初年的时候,西湖那边的情形,完全与现在两样。那时候还有城墙及很多柳树,都是很好看的。除了春秋两季的香会之外,西湖边的人总是很少,而钱塘门外,更是冷静了。

在景春园的楼下,有许多的茶客,都是那些摇船抬轿的劳动者居多。而在楼上吃茶的就只有我一个人了。所以我常常一个人在上面吃茶,同时还凭栏看着西湖的风景。

在茶馆的附近,就是那有名的大寺院——昭庆寺了。我吃茶之后,也常常顺便到那里去看一看。

当民国二年(1913年)夏天的时候,我曾在西湖的广化寺里面住了好几天。但是住的地方,却不在出家人的范围之内,那是在该寺的旁边,有一所叫做"痘神祠"的楼上。痘神祠是广化寺专门为着要给那些在家的客人住的。当时我住在里面的时候,有时也曾到出家人所住的地方去看看,心里却感觉很有意思呢!

记得那时我亦常常坐船到湖心亭去吃茶。

曾有一次,学校里有一位名人来演讲。那时,我和夏丏尊居士两人却出门躲避,到湖心亭上去吃茶了。当时夏丏尊对我说:"像我们这种人,出家做和尚倒是很好的。"那时候我听到这句话,就觉得很有意思。这可以说是我后来出家的一个原因了。

到了民国五年(1917年)的夏天,我因为看到日本杂志中,有说及关于断食方法的,谓断食可以治疗各种疾病。当时我就起了一种好奇心,想来断食一下。因为我那个时候患有神经衰弱症,若实行断食后,或者可以痊愈亦未可知。要行断食时,须于寒冷的季候方宜,所以我便预定十一月来作断食的时间。

至于断食的地点呢？总须先想一想，考虑一下，似觉总要有个很幽静的地方才好。当时我就和西泠印社的叶品三君来商量，结果他说在西湖附近的地方，有一所虎跑寺，可作为断食的地点。那么，我就问他，既要到虎跑寺去，总要有人来介绍才对，究竟要请谁呢？他说有一位丁辅之，是虎跑寺的大护法，可以请他去说一说。于是他便写信请丁辅之代为介绍了。因为从前那个时候的虎跑，不是像现在这样热闹的，而是游客很少，且是个十分冷静的地方啊。若用来作为我断食的地点，可以说是最相宜的了。

到了十一月的时候，我还不曾亲自到过，于是我便托人到虎跑寺那边去走一趟，看看在哪一间房里住好。看的人回来说，在方丈楼下的地方倒很幽静，因为那边的房子很多，且平常的时候都是关起来，游客是不能走进去的。而在方丈楼上，则只有一位出家人住着而已。此外并没有什么人居住。等到十一月底，我到了虎跑寺，就住在方丈楼下的那间屋子里了。

我住进去以后，常常看见一位出家人在我的窗前经过，即是住在楼上的那一位。我看到他却十分欢喜呢！因此就时常和他来谈话，同时他也拿佛经来给我看。

我以前虽然从五岁时，即时常和出家人见面，时常看见出家人到我的家里念经及拜忏。而于十二三岁时，也曾学了放焰口。可是并没有和有道的出家人住在一起，同时也不知道寺院中的内容是怎样，以及出家人的生活又是如何。这回到虎跑寺去住，看到他们那种生活，却很欢喜而且羡慕起来了。

我虽然在那边只住了半个多月，但心里却十分愉快，而且对于他们所吃的菜蔬,更是欢喜吃。及回到学校以后,我就请用人依照他们那样的菜煮来吃。

这一次,我到虎跑寺去断食,可以说是我出家的近因了。及到了民国六年(1917年)的下半年,我就发心吃素了。

在冬天的时候,即请了许多的经,如《普贤行愿品》《楞严经》《大乘起信论》等很多的佛经,而于自己的房里,也供起佛像来,如地藏菩萨、观世音菩萨等的像,于是亦天天烧香了。

到了这一年放年假的时候,我并没有回家去,而是到虎跑寺里面去过年了。我仍旧住在方丈楼下,那个时候,则更感觉得有兴味了。于是就发心出家,同时就想拜那位住在方丈楼上的出家人作师父。他的名字是弘详师,可是他不肯我去拜他,而介绍我拜他的师父。他的师父是在松木场护国寺里居住的。于是他就请他的师父回到虎跑寺来。而我也就于民国七年(1918年)正月十五日受三皈依了。

我打算于此年的暑假来入山。而预先在寺里面住了一年后,然后再实行出家的。当这个时候,我就做了一件海青,及学习两堂功课。二月初五日那天,是我母亲的忌日,于是我就先于两天以前到虎跑去,在那边诵了三天的《地藏经》,为我的母亲回向。到了五月底的时候,我就提前先考试。而于考试之后,即到虎跑寺入山了。

到了寺中一日以后,即穿出家人的衣裳,而预备转年再剃度的。及至七月初,夏丏尊居士来,他看到我穿出家人的衣裳但还未出家,他就对我说:"既住在寺里面,并且穿了出家人的衣裳,而不即出家,那是没有什么意思的,所以还是赶紧剃度好。"

我本来是想转年再出家的,但是承他的劝,于是就赶紧出家了。便于七月十三日那一天,相传是大势至菩萨的圣诞,所以就在那天落发。

落发以后，仍须受戒的。于是由林同庄君介绍，而到灵隐寺去受戒了。

灵隐寺是杭州规模最大的寺院，我一向是很欢喜的。我出家以后，曾到各处的大寺院去看过，但是总没有像灵隐寺么的好。八月底，我就到灵隐寺去。寺中的方丈和尚很客气，叫我住在客堂后面芸香阁的楼上。

当时是由慧明法师做大师父的。有一天我在客堂里遇到这位法师了。他看到我时，就说起："既是来受戒的，为什么不进戒堂呢？虽然你在家的时候是读书人，但是读书人就能这样地随便吗？就是在家时是一个皇帝，我也是一样看待的。"那时方丈和尚仍是要我住在客堂楼上，而于戒堂里面有了紧要的佛事时，方命我去参加一两回的。

那时候我虽然不能和慧明法师时常见面，但是看到他忠厚笃实的容色，却是令我佩服不已的。

受戒以后，我仍回到虎跑寺居住。到了十二月底，即搬到玉泉寺去住。此后即常常到别处去，没有久住在西湖了。

曾记得在民国十二年（1923年）夏天的时候，我曾到杭州去过一回。那时正是慧明法师在灵隐寺讲《楞严经》的时候。开讲的那一天，我去听他说法。因为好几年没有看到他，觉得他已苍老了不少，头发且已斑白，牙齿也大半脱落。我当时大为感动，于拜他的时候，不由泪落不止。听说以后没有经过几年工夫，慧明法师就圆寂了。

关于慧明法师一生的事迹，出家人中晓得的很多，现在我且举几样事情，来说一说。

慧明法师是福建汀州人。他穿的衣服毫不考究，看起来很不像大寺院法师的样子，但他待人是很平等的。无论你是大好佬或是苦恼子，他都是一样地看待。所以凡是出家、在家的上中下各色各样的人物，对于慧明法师是没有一个不佩服的。

他老人家一生所做的事固然很多，但是最奇特的，就是能教化"马溜子"（马溜子是出家流氓的称呼）了。寺院里是不准这班马溜子居住的。他们总是住在凉亭里的时候为多，听到各处的寺院有人打斋的时候，他们就会集了赶斋去（吃白饭）。在杭州这一带地方，马溜子是特别来得多。一般人总不把他们当人看待，而他们亦自暴自弃，无所不为的。但是慧明法师却能够教化马溜子呢！

那些马溜子常到灵隐寺去看慧明法师，而他老人家却待他们很客气，并且布施他们种种好饭食、好衣服等。他们要什么就给什么。而慧明法师有时也对他们说几句佛法，以资感化。

慧明法师的腿是有毛病的。出来入去的时候，总是坐轿子居多。有一次他从外面坐轿回灵隐时，下了轿后，旁人看到慧明法师是没有穿裤子的。他们都觉得很奇怪，于是就问他道："法师为什么不穿裤子呢？"他说他在外面碰到了马溜子，因为向他要裤子，所以他连忙把裤子脱给他了。

关于慧明法师教化马溜子的事，外边的传说很多很多，我不过略举了这几样而已。不单那些马溜子对于慧明法师有很深的钦佩和信仰，即其他一般出家人，亦无不佩服的。

因为多年没有到杭州去了。西湖边上的马路、洋房也渐渐修筑得很多，而汽车也一天比一天地增加。回想到我以前在西湖边上居住时，那种闲静幽雅的生活，真是如同隔世，现在只能托之于梦想了。

朦胧的期待

萧　红

一年之中三百六十日，

日日在愁苦之中，

还不如那山上的飞鸟，

还不如那田上的蚱虫。……

李妈从那天晚上就唱着曲子，就是当她听说金立之也要出发到前方去之后。金立之是主人家的卫兵。这事可并没有人知道，或者那另外的一个卫兵有点知道，但也说不定是李妈自己的神经过敏。

"李妈！李妈……"

当太太的声音从黑黑的树荫下面传来时，李妈就应着回答了两三声。因为她是性急爽快的人，从来是这样，现在仍是这样。可是当她刚一抬脚，为着身旁的一个小竹方凳，差一点没有跌倒，于是她感到自己是流汗了，耳朵热起来，眼前冒了一阵花。她想说：

"倒霉！倒霉！"她一看她旁边站着那个另外的卫兵，她就没有说。

等她从太太那边拿了两个茶杯回来，刚要放在水里边去洗，那姓王的卫兵把头偏着："李妈，别心慌，心慌什么，打碎了杯子。"

"你说心慌什么……"她来到嘴边上的话没有说，像是生气的样子，把两个杯子故意的撞出叮当的响声来。

院心的草地上，太太和老爷的纸烟的火光和一朵小花似的忽然开放得红了。忽然又收缩得像一片在萎落下去的花片。萤火虫在树叶上闪飞，看起来就像凭空的毫没有依靠的被风吹着似的那么轻飘。

"今天晚上绝对不会来警报的……"太太的椅背向后靠着，看着天空。她不大相信这天阴得十分沉重，她想要寻找空中是否还留着一个星子。

"太太，警报不是多少日子夜里不来了么？"李妈站在黑夜里就像被消灭了一样。

"不对，这几天要来的，战事一过九江，武汉空袭就多起来……"

"太太，那么这仗要打到哪里？也打到湖北？"

"打到湖北是要打到湖北的，你没看见金立之都要到前方去了吗？"

"到大冶，太太，这大冶是什么地方？多远？"

"没多远，出铁的地方，金立之他们整个的特务连都到那边去。"

李妈又问："特务连也打仗，也冲锋，就和别的兵一样？特务连不是在长官旁边保卫长官的吗？好比金立之不是保卫太太和老爷的吗？"

"紧急的时候，他们也打仗，和别的兵一样啊！你还没听金立之说在大场他也作战过吗！"

李妈又问："到大冶是打仗去！"又隔了一会她又说："金立之就

是作战去?"

"是的,打仗去,保卫我们的国家!"

太太没有十分回答她,她就在太太旁边静静的站了一会,听着太太和老爷谈着她所不大理解的战局,又是田家镇……又是什么镇……

李妈离开了院心经过有灯光的地方,她忽然感到自己是变大了,变得就像和院子一般大,她自己觉得她自己已经赤裸裸的摆在人们的面前。又仿佛自己偷了什么东西被人发觉了一样,她慌忙的躲在了暗处。尤其是那个姓王的卫兵,正站在老爷的门厅旁边,手里拿着个牙刷,像是在刷牙。

"讨厌鬼,天黑了,刷的什么牙……"她在心里骂着,就走进厨房去。

> 一年之中三百六十日,
> 日日在愁苦之中,
> 还不如那山上的飞鸟,
> 还不如那田上的蚱虫。
> 还不如那山上的飞鸟,
> 还不如那田上的蚱虫……

李妈在饭锅旁边这样唱着,在水桶旁边这样唱着,在晒衣服的竹竿子旁边也是这样唱着。从她的粗手指骨节流下来的水滴,把她的裤腿和她的玉蓝麻布的上衣都印着圈子。在她的深红而微黑的嘴唇上闪着一点光,好像一只油亮的甲虫伏在那里。

刺玫树的荫影在太阳下边，好像用布剪的，用笔画出来的一样，爬在石阶前的砖柱上。而那葡萄藤，从架子上边倒垂下来的缠绕的枝梢，上面结着和钮扣一般大的微绿色和小琉璃似的圆葡萄，风来的时候，还有些颤抖。

李妈若是前些日子从这边走过，必得用手触一触它们，或者拿在手上，向她旁边的人招呼着：

"要吃得啦……多快呀！长得多快呀！……"

可是现在她就像没有看见它们，来往地拿着竹竿子经过的时候，她不经意的把竹竿子撞了葡萄藤，那浮浮沉沉的摇着的叶子，虽是李妈已经走过，而那荫影还在地上摇了多时。

李妈的忧郁的声音，不但从曲子声发出，就是从勺子、盘子、碗的声音，也都知道李妈是忧郁了，因为这些家具一点也不响亮。往常那响亮的厨房，好像一座音乐室的光荣的日子，只落在回忆之中。

白嫩的豆芽菜，有的还带着很长的须子，她就连须子一同煎炒起来；油菜或是白菜，她把它带着水就放在锅底上，油炸着菜的声音就像水煮的一样。而后浅浅的白色盘子的四边向外流着淡绿色的菜汤。

用围裙揩着汗，在她正对面她平日挂在墙上的那块镜子里边，反映着仿佛是受惊的，仿佛是生病的，仿佛是刚刚被幸福离弃了的年青的山羊那么沉寂。

李妈才二十五岁，头发是黑的，皮肤是坚实的，心脏的跳动也和她的健康成和谐。她的鞋尖常常是破的，因为她走路永远来不及举平她的脚，门槛上，煤堆上，石阶的边沿上，她随时随地的畅快地踢着。而现在反映在镜子里的李妈不是那个原来的李妈，而是另外的李妈了，黑了，沉重了，哑喑了。

把吃饭的家具摆齐之后，她就从桌子边退了去，她说："不大舒服，头痛。"

她面向着栏栅外的平静的湖水站着。已经爬上了架的倭瓜在黄色的花上，有蜜蜂在带着粉的花瓣上来来去去。而湖上打成片的肥大的莲花叶子，每一张的中心顶着一个圆圆的水珠，这些水珠和水银的珠子似的向着太阳，淡绿色的莲花苞和挂着红嘴的莲花苞，从肥大的叶子的旁边站了出来。

湖边上有人为着一点点家常的菜蔬除着草，房东的老仆人指着那边竹墙上冒着气一张排着一张的东西向李妈说：

"看吧！这些当兵的都是些可怜人，受了伤，自己不能动手，都是弟兄们在湖里给洗这东西，这大的毯子，不会洗净的。不信，过到那边去看看，又腥又有别的味……"

西边竹墙上晒着军用毯，还有些草绿色的，近乎黄色的军衣。李妈知道那是伤兵医院，从这几天起，她非常厌恶那医院，从医院走出来的用棍子当做腿的伤兵们，现在她一看了就有些害怕。所以那老头指给她看的东西，她只假装着笑笑。隔着湖，在那边湖上洗衣服的也是兵士，并且在石头上打着洗着的衣裳发出沉重的水声来。……"金立之裹腿上的带子，我不是没给他钉起吗？真是发昏了，他一会不是来取吗？"

等她取了针线又来到湖边，隔湖的马路上，正过着军队，唱着歌的，混着灰尘的行列，金立之不就在那行列里边吗？李妈神经质的，自己也觉得这想头非常可笑。

各种流行的军歌，李妈都会唱，尤其是那句"中华民族到了最危险的时候"，她每唱到这一句，她就学着军人的步伐走了几步。她非常喜欢这个歌，因为金立之喜欢。

可是今天她厌恶他们，她把头低下去，用眼角去看他们，而那歌声，就像黄昏时成团在空中飞着的小虫子似的，使她不能躲避。

"李妈……李妈。"姓王的卫兵喊着她，她假装没有听到。

"李妈！金立之来了。"

李妈相信这是骗她的话，她走到院心的草地上去，呆呆的站在那里。王卫兵和太太都看着她：

"李妈没有吃饭吗？"

她手里卷着一半裹腿，她的嘴唇发黑，她的眼睛和钉子一样的坚实，不知道盯着她面前的什么。而另外的一半裹腿，比草的颜色稍微黄一点，长长的拖在草地上，拖在李妈的脚下。

金立之晚上八点多钟来的。红的领章上又多了一点金花，原来是两个，现在是三个。在太太的房里，为着他出发到前方去，太太赏给他一杯柠檬茶。

"我不吃这茶，我只到这里……我只回来看一下。连长和我一同到街上买连里用的东西。我不吃这茶……连长在八点一刻来看老爷的。"他灵敏的看一下袖口的表："现在八点，连长一来我就得跟连长一同归连……"

接着他就谈些个他出发到前方，到什么地方，做什么职务，特务连的连长是怎样一个好人，又是带兵多么真诚……太太和他热诚地谈着。李妈在旁边又拿太太的纸烟给金立之，她说：

"现在你来是客人了,抽一支吧!"

她又跑去把裹腿拿来,摆在桌子上,又拿在手里又打开,又卷起来……在地板上,她几乎不能停稳,就像有风的水池里走着的一张叶子。

他为什么还不来到厨房里呢?李妈故意先退出来,站在门槛旁边咳嗽了两声,而后又大声和那个王卫兵讲着连她自己也不知道是什么意思的话,她看金立之仍不出来,她又走进房去,她说:

"三个金花了,等从前方回来,大概要五个金花了。金立之今天也换了新衣裳,这衣裳也是新发的吗?"

金立之说:"新发的。"

李妈要的并不是这样的回答。李妈又说:

"现在八点五分了,太太的表准吗?"

太太只向着表看了一下,点一点头,金立之仍旧没有注意。

"这次,我们打仗全是为了国家,连长说,宁做战死鬼,勿做亡国奴,我们为了妻子、家庭、儿女,我们必须抗战到底……"

金立之站得笔直在和太太讲话。

趁着这工夫,她从太太房子里溜了出来,下了台阶,转了一个弯,她就出了小门,她去买两包烟送给他。听说,战壕里烟最宝贵。她在小巷子里一边跑着,一边想着她所要说的话:"你若回来的时候,可以先找到老爷的官厅,就一定能找到我。太太走到哪里,说一定带着我走,"再告诉他:"回来的时候,你可不就忘了我,要做个有心的人,可不能够高升了忘了我……"

她在黑黑的巷子里跑着,她并不知道自己是在发烧。她想起来到夜里就越热了,真是湖北的讨厌的天气。她的背脊完全浸在潮湿里面。

"还得把这块钱给他,我留着这个有什么用呢!下月的工钱又是五元。可是上前线去的,钱是有数的……"她隔着衣裳捏着口袋里一元钱的票子。

等李妈回来,金立之的影子都早消失在小巷子里了,她站在小巷子里喊着:

"金立之……金立之……"

远近都没有回声,她的声音还不如落在山涧里边还能得到一个空虚的反响。

和几年前的事情一样,那就是九江的家乡,她送一个年青的当红军的走了,他说他当完了红军回来娶她,他说那时一切就都好了。临走时还送给她一匹印花布,过去她在家里一看到那印花布她就要啼哭。现在她又送走这个特务连的兵士走了,他说抗战胜利了回来娶她,他说那时一切就都好了。

还得告诉他:"把我的工钱都留着将来安排我们的家。"我们的家。

但是金立之已经走了,想是连长已经来了,他归连了。

等她拿着纸烟,想起这最末的一句话的时候,她的背脊被凉风拍着,好像浸在凉水里一样,因为她站定了,她停止了,热度离开了她,跳跃和翻腾的情绪离开了她。徘徊、鼓荡着的要破裂的那一刻的人生,只是一刻把其余的人生都带走了。人在静止的时候常常冷的。所以是她不期的打了个机伶的冷战。

李妈回头看一看那黑黑的院子,她不想再走进去,可是在她前面的那黑黑的小巷子,招引着她的更没有方向。

她终归是转回身来,在那显着一点苍白的铺砖的小路上,她摸索着回来了。房间里的灯光和窗帘子的颜色,单调得就像飘在空中的一块布和闪在空中的一道光线。

李妈打开了女仆的房门,坐在她自己的床头上,她觉得虫子今夜都没有叫过,空的,什么都是不着边际的,电灯是无缘无故的悬着,床铺是无缘无故的放着,窗子和门也是无缘无故的设着……总之,一切都没有理由存在,也没有理由消灭。……

李妈最末想起来的那一句话,她不愿意反复,可是她又反复了一遍：

"把我的工钱,都留着将来安排我们的家。"

李妈早早地休息了,这是第一次,在全院子的女仆休息之前她是第一次睡得这样早,两盒红锡包香烟就睡在她枕头的旁边。

湖边上战士们的歌声,虽然是已经黄昏以后,有时候隐隐的还可以听到。

夜里她梦见金立之从前线上回来了。"我回来安家来了,从今我们一切都好了。"他打胜了。

而且金立之的头发还和从前一样的黑。

他说:"我们一定得胜利的,我们为什么不胜利呢,没道理!"

李妈在梦中很温顺地笑了。

京城漫记

杨　朔

北京的秋天最长，也最好。白露不到，秋风却先来了，踩着树叶一走，沙沙的，给人一种怪干爽的感觉。一位好心肠的同志笑着对我说："你久在外边，也该去看看北京，新鲜事儿多得很呢。老闷在屋里做什么，别发了霉。"

我也怕思想发霉，乐意跟他出去看看新鲜景致，就到了陶然亭。这地方在北京南城角，本来是京城有名的风景，我早从书上知道了。去了一看，果然是好一片清亮的湖水。湖的北面堆起一带精致的小山，山顶上远近点缀着几座小亭子。围着湖绿丛丛的，遍是杨柳，马樱，马尾松，银白杨……花木也多：碧桃，樱花，丁香，木槿，榆叶梅，太平花……都长的旺得很。要在春景天，花都开了，绕着湖一片锦绣，该多好看。不过秋天也有秋天的花：湖里正开着紫色的凤眼兰；沿着沙堤到处是成球的珍珠梅；还有种木本的紫色小花，一串一串挂下来，味道挺香，后来我才打听出来叫胡枝子。

我们穿过一座朱红色的凌霄架,爬上座山,山头亭子里歇着好些工人模样的游客,有的对坐着下"五子"棋,也有的瞭望着人烟繁华的北京城。看惯颐和园、北海的人,乍到这儿,觉得湖山又朴素,又秀气,另有种自然的情调。只是不知道古陶然亭在哪儿。

有位年轻的印刷工人坐在亭子栏杆上,听见我问,朝前一指说:"那不是!"

原来是座古庙,看样子经过修理,倒还整齐。我觉得这地方实在不错,望着眼前的湖山,不住嘴说:"好!好!到底是陶然亭,名不虚传。"

那工人含着笑问道:"你以为陶然亭原先就是这样么?"

我当然不以为是这样。我知道这地方费了好大工程,挖湖堆山,栽花种树,才开辟出来。只是陶然亭既然是名胜古地,本来应该也不太坏。

那工人忍不住笑道:"还不太坏?脑袋顶长疮脚心烂,坏透了!早先是一片大苇塘,死猫烂狗,要什么有什么。乱坟数都数不清,死人埋一层,又一层,上下足有三层。那工夫但凡有点活路,谁也不愿意到陶然亭来住。"

改一天,我见到位在陶然亭住了多年的妇女,是当地区人民代表大会的代表。她的性格爽爽快快的,又爱说。提起当年的陶然亭,她用两手把脸一捂,又皱着眉头笑道:"哎呀,那个臭地方!死的比活的多,熏死人了!你连门都不敢敞。大门一敞,蛆排上队了,直往里爬,有时爬到水缸边上。蚊子都成了精,嗡嗡的,像筛锣一样,一走路碰你脑袋。当时我只有一个想法,几时能搬出去就好了。"

现时她可怎么也不肯搬了。夏天傍晚,附近的婶子大娘吃过晚饭,搬个小板凳坐到湖边上歇凉,常听见来往的游客说:"咱们能搬来住多好,简直是住在大花园里。"

那些婶子大娘就会悄悄笑着嘀咕说:"俺们能住在花园里,也是熬的。"

不是熬的,是自己动手创造的。挖湖那当儿,妇女不是也挑过土篮?老太太们曾经一天多少次替挖湖工人烧开水。

这座大花园能够修成,也不止是眼前的几千几万人,还有许许多多看不见的手,从老远老远的天涯地角伸过来。你看见成行的紫穗槐,也许容易知道这是北京的少年儿童趁着假日赶来栽的。有的小女孩种上树,怕不记得了,解下自己的红头绳绑到树枝上,做个记号,过些日子回来一看,树活了,乐得围着树跳。可是你在古陶然亭北七棵松下看见满地铺的绿草,就猜不着是哪儿来的了。这叫草原燕麦,草籽是苏联工人亲手收成的,从千万里外送到北京。

围着湖边,你还会发现一种奇怪的草,拖着长蔓,一大片一大片的,不怕踩,不怕坐,从上边一走又厚又软,多像走在地毯上一样。北京从来不见这种草。这叫狗牙根,也叫狼蓑草,是千里迢迢从汤阴运来的。汤阴当地的农民听说北京城要狗牙根铺花园,认为自己能出把力气是个光荣,争着动手采集,都把草叫做"光荣草"。谁知草打在蒲包里,运到北京,黄了,干了,一划火柴就烧起来。园艺工人打蒲包时,里面晒得火热,一不留心,手都烫起了泡。不要紧,工人们一点都不灰心。他们搭个棚子,把草晾在阴凉地方,天天往上喷水,好好保养着,一面动手栽。

湖边住着位张老大爷，七十多岁了，每天早晨到湖边上蹓跶，看见工人们把些焦黄的乱草往地上铺，心里纳闷，回来对邻居们当笑话说："这不是白闹么？不知从哪儿弄堆乱草，还能活得了！"过了半月，这位张老大爷忽然兴冲冲地对邻居说："你看看去，他大嫂子，草都发了绿，活了——这怪不怪？"

一点不怪。我们大家辛辛苦苦为的是什么？就为的一个心愿：要把死的变成活的；把臭的变成香的；把丑的变成美的；把痛苦变成欢乐；把生活变成座大花园。我们种的每棵草，每棵花，并不是单纯点缀风景，而是从人民生活着眼，要把生活建设得更美。

我们的北京城就是在这种美的观点上进行建设的。那位好心肠的同志带我游历陶然亭，还游历了紫竹院和龙潭。我敢说，即使"老北京"也不一定听说过这后面的两景。我不愿意把读者弄得太疲劳，领你们老远跑到西郊中央民族学院后身去游紫竹院，只想告诉大家一句，先前那儿也是一片荒凉的苇塘，谁也不会去注意它。但正是这种向来不被注意的脏地方，向来不被注意的附近居民，生活都像图画一样染上好看的颜色了。

龙潭来去方便，还是应该看看的。这地方也在城南角，紧挨着龙须沟。你去了，也许会失望的。这有什么了不起？无非又是什么乱苇塘，挑成一潭清水，里面养了些草鱼、鲢鱼等，岸上栽了点花木。对了，正是这样。可是，你要是懂得人民的生活，你就会像人民一样爱惜这块地方了。

临水盖了一片村庄，叫幸福村，住的都是劳动人民。只要天气好，黄昏一到，村里人多半要聚集到湖边的草地上，躺着的，坐着的，抽几口烟，说几句闲话，或是拉起胡琴唱两句，解解一天的乏。孩子们总是喜欢缠着老年人，叫人家讲故事听。老奶奶会让孙子坐在怀里，望着水里落满的星星，就像头顶上的银白杨叶子似的，喊喊喳喳说起过去悲惨的生活。这是老年人的脾气，越是高兴，越喜欢提从前的苦楚。提起来并不难过，倒更高兴。

奶奶说："孩儿啊，你那时候太小，什么都不记得了，奶奶可什么都记得。十冬腊月大雪天，屋子漏着天，大雪片子直往屋里飘，冻得你黑夜睡不着觉，一宿哭到亮。你爹急了，想起门前臭水坑里有的是苇子，都烂到冰上了，要去砍些回来笼火烤。可是孩儿啊，苇子烂了行，你去砍，警察就说你是贼，把你爹抓去关了几天，后脊梁差点没揭去一层皮。"

孙子听着这些事，像听很远很远跟自己没关系的故事，瞪着小眼直发愣。先前的日子会是那么样？现在爹爹当建筑工人，到处盖大楼。他呢，天天背着书包到幸福村小学去念书。老师给讲大白熊的故事，还教唱歌。一有空，他就跟同伴蹲在湖边上，瞅着水里的鱼浮上来，又沉下去，心想：鱼到晚间是不是也闭上眼睡觉呢？奶奶却说早先这是片臭水坑——不会吧？

奶奶说着说着叹了口气："唉！我能活着看见这湖水，也知足了。只是我老了，但愿老天爷能多给我几年寿命，有朝一日让我看看社会主义，死了也不冤枉了。"

人活到六十，生活却刚刚才开始。其实奶奶并不老。她抱着希望，她的希望并不远，是摆在眼前。